AF398433

LUKIJALLE

Tämä kirja vie meidät värikkäiden muistojen ja musta-valkokuvien kautta Jaakkiman pitäjän Meriän kylään. Ajallisesti Meriän kuvaus osuu pääosin niihin Talvisotaa edeltäneisiin vuosikymmeniin, joilta meillä on käytettävissä valokuva- ja muisteluaineistoa kylän elämästä ja tapahtumista. Kirjaan on lisätty evakkomatkavaiheiden lisäksi myös Meriä-kuvaus vuosilta 1942-44, jolloin osa karjalaisista palasi vielä hetkeksi takaisin kotiseuduilleen.

Suuri osa tästä kirjasta perustuu äitini Anna Huttusen os. Mäkiä (1921-2018) suullisiin kertomuksiin, jotka onnistuin tallentamaan videonauhoille hänen viimeisinä elinvuosinaan. Annan avoimeen tyyliin kuului kotikylän tapahtumien ja ihmisten värikäs kuvailu. Saatoimme joskus jäädä jopa tuntikausiksi kahvikupin ääreen kuuntelemaan Annan tarinointia lapsuuden kultaisilta vuosilta Jaakkiman Meriässä.

Kokonainen Meriä-kyläkirja ei voi tietenkään perustua yksin Annan muisteluihin ja albumikuviin. Pyysin kirjaa varten aineistoa kaikilta niiltä, joilla vaan on jotain muistitietoa tai painettua materiaalia Meriän kylän ihmisistä ja tapahtumista ennen talvisotaa. Pyyntö tuottikin pian tulosta ja olen todella kiitollinen **Erkki Hannoselle**, **Matti Tiilikalle**, **Kauko Pääkköselle** ja **Merja Väistölle**. Heidän lähettämä aineisto on ollut pohjana mm. kyläkartoille ja Meriän myllyn ja sahan historialle.

Kirjan kappaleissa 2-4 kerrotaan yleisesti Meriästä, sen asukkaista ja myllyn historiasta. Luvusta 5 lähtien kuvailemme erityisesti Mäkiän perhettä ja Annan vaiheita aina vuoteen 1944 saakka, jolloin Meriän kylältä oli aika lähteä lopullisesti. Liitesivuilla kirjan lopussa on asutuskarttoja Meriän kylältä ja tietoja yksittäisten meriäläisten vaiheista.

Antoisia lukuelämyksiä kaikille Meriä-kirjan lukijoille! Näemme toisemme viimeistään seuraavassa Karjala-juhlassa 2026.

3

SISÄLTÖ

Annalle

© 2025 Pentti Huttunen

Kustantaja: BoD · Books on Demand, Mannerheimintie 12 B, 00100 Helsinki,
bod@bod.fi

Kirjapaino: Libri Plureos GmbH, Friedensallee 273, 22763 Hampuri, Saksa

ISBN: 978-952-80-9536-1

1. PROLOGI

Jaakkiman pitäjästä ja sen monivaiheisesta historiasta on kirjoitettu varsin runsaasti sotavuosien jälkeen. Varsinaisten tietokirjojen ja -artikkelien ohella pitäjäjulkaisuista löytyy ilahduttavan paljon myös kyläkirjoja ja henkilökohtaisia muisteluita. Vanhojen jaakkimalaisten värikkäät tarinat ja kertomukset kotikylästään ovat osa elettyä elämää ja koettua historiaa. Ne on hyvä tallentaa tässä vaiheessa, kun evakkotielle lähteneiden jaakkimalaisten rivit ovat ajan myötä harventuneet.

Jaakkimassa oli 1930-luvulla noin 8500 asukasta ja 15 vireää kyläkeskusta. Keskitymme tässä kirjassa pitäjän luoteisosassa sijainneeseen **Meriään**, joka oli äitini **Anna Huttusen** (os. Mäkiä) lapsuuden ja varhaisen nuoruuden kotikylä. Meriän 1920- ja 1930- luvun (ja vielä 40-luvun alunkin) kyläyhteisöä kuvaillaan Annan näkökulmasta ja hänen jälkipolville jättämien kertomusten pohjalta.

Vaikka kirjan tarinat pohjautuvatkin suurelta osin *Mäkiän Annan* muistitietoihin ja nuoruusajan kokemuksiin, lienee kuitenkin syytä mainita, että kirjasta löytyy paljon tietoa myös muista meriäläisistä. Vielä 1930-luvulla maaseudun kylien asukkaat muodostivat tiiviin yhteisön, jossa naapurit tunnettiin ja apua annettiin aina kun siihen oli tarvetta.

Annan tarina alkoi kotitalon saunasta, missä kylän kätilönä ja hierojana toiminut **Ahokkaan Emma** (ent. **Silanen**) auttoi hänet maailmaan joulupäivänä 1921. Annan äiti, **Aleksandra Mäkiä** (os. Hannonen), oli kotoisin naapuripitäjästä Uukuniemeltä. Aleksandra oli avioitunut Annan isän,

Matti Mäkiän kanssa 1909. Maanviljelijäperheeseen syntyi kaikkiaan viisi lasta, joista vanhin oli **Toivo**. Hän syntyi vuonna 1910 ja kuoli evakkopitäjässä Kauhajoella 1955. Annan sisaret olivat **Martta Mäkiö** (1913 -63), **Aili Karonen** (1918-1982) ja **Eeva Mäkiä** (1927-1949).

Annan ja hänen perheensä evakkotaival alkoi talvisodan jälkeen maaliskuussa 1940. Perhe siirrettiin tuolloin **Aavasaksalle** Tornionjoen tuntumaan. Anna otti tuossa vaiheessa työpaikan pastori Tolsan talousapulaisena (piikana) Rovaniemellä. Jatkosodan alussa Anna muutti Tolsan perheen mukana keskelle Helsinkiä. Kun Jaakkiman alue vallattiin takaisin Suomelle, palasi Annan perhe Meriään keväällä 1942. Aleksandra ja Matti pyysivät myös Annaa palaamaan takaisin kotiseudulle. Alkukesällä 1942 Anna päättikin nousta Helsingistä Karjalan pikajunaan ja matkustaa takaisin Jaakkimaan. **Huuhanmäen** varuskuntaan oli jatkosodan vuosina sijoitettu sotasairaala, mistä Annalle järjestyi apuhoitajan paikka.

Neuvostoliiton kanssa syyskuussa 1944 tehty välirauha merkitsi lopullista lähtöä lapsuuden maisemista. Annan perhe siirrettiin evakkoon nyt Etelä-Pohjanmaalle Kauhajoen pitäjään. Annan evakkotie kulki kuitenkin ensin Varkauteen, jonne sotasairaala siirrettiin Huuhanmäeltä. Apuhoitajan työn Anna koki kuitenkin varsin raskaaksi ja hän hakeutuikin vuonna 1945 taas piian paikkaan Laihian pitäjään. Laihialla ei asunut ketään tuttuja ja loppiaisen tienoilla 1946 juna toikin Annan uusiin maisemiin sukulaisten luo **Lauritsalaan**.

Anna asettui ensin asumaan **Nikkisen Lempin** (Matti-isän sisaren Olgan tytär) ja **Jaakon** taloon. Kesällä 1946 Anna oli työssä Kaukaan rullatehtaalla ja kävi kesälauantaisin tansseissa Hakalin työväentalon ulkotanssilavalla. Lauantai-illan lavatansseista löytyi mies, joka tanssitti Annaa aina vain uudelleen ja uudelleen. Tanssi tasoitti lopulta **Eero Huttusen** ja Anna Mäkiän tien avioliittoon toukokuussa 1947. Avioliiton rauhaisaa satamaa kesti kaikkiaan 43 vuotta, Eeron kuolemaan saakka. Lapsia avioliittovuodet toivat heille kaikkiaan neljä.

Kuva 1: Annan ja Eeron tyttären Eijan ristiäiset 1961 Lauritsalassa.
Kuvassa vas. Annan sisar Martta, Aili-sisaren tytär Eila, Anna
ja Eero. Ihan edessä tämän jutun kirjoittaja Pentti.

Anna oli luonteeltaan selviytyjä. Karjalaiseen tapaan itku ja nauru vuorottelivat nopealla ja soljuvalla rytmillä. Arjen joskus ankeat hetket ja vastoinkäymiset hän osasi kääntää pian voitoiksi. Kotona taloustöitä tehdessään Anna kuunteli mielellään sävelradiota. Hän oppi nopeaan tahtiin ajan suosikki-iskelmät ja lauleli niitä ulkotöidenkin ratoksi. Annan hautajaisissa elokuussa 2018 kuultiinkin lauluja ja muisteluksia hänen pitkän elämänsä varrelta. Taisin itse (puoliksi leikilläni?) todeta, että mieheltä joka on saanut kuunnella kehtolauluina 1950-luvun hitti-iskelmiä, ei voida ehkä odottaa ihan täydellistä kansalaiskuntoa mutta ei myöskään liian vakavamielistä suhtautumista arkielämän ilmiöihin.

Annan sisaruksista ehdin nähdä vain Martan ja Ailin. Vietin 1960-luvulla usein kesiä Aleksandra-mummon ja Martan pojan Paulin perheen luona Kauhajoella. Nämä kesät ovat minulle ikimuistoisia ja tuovat mieleen Onnenmaa-tangoelokuvan. Aleksandra-mummon elonkaari oli harvinaisen pitkä ja päättyi 104 vuoden iässä vuonna 1991. - Annan isä Matti siirtyi ajasta ikuisuuteen jo 1952 Kauhajoella.

Mutta pitemmittä puheitta, siirtykäämme nyt ajassa vuosisadan verran taaksepäin 20- ja 30-luvun Meriään.

2. JAAKKIMAN MERIÄ

Meriän kylä sijaitsi noin 9 kilometrin päässä Jaakkiman rautatieasemalta ja 13 kilometrin päässä Sieklahdelta Lahdenpohjan kauppalan keskustasta. Jaakkiman aseman itäpuolelta haarautui Uukuniemen suuntaan hyvä maantie, joka oli pääliikenneväylä Lahdenpohjasta Pohjois-Karjalaan ja Savoon saakka.

Meriän asutus keskittyi niin kutsuttuun Pitkäsen ryhmään Uukuniemen tien varrelle. Kauempana maantiestä Vaskilampien muodostaman vesijättöalueen eteläpuolella oli toinen kyläalue, jota sanottiin **Perämeriäks**i (tai Pien-Meriäksi). Vaskilampien takia tie läntiseen naapurikylään *Iijärvelle* kiersi pohjoista reittiä *Sikopohjan* kautta. Aivan päätien tuntumassa oli kaikille meriäläisille tutut paikat: kansakoulu, uimapaikkana suosittu *Ukonlampi* ja suurempi *Niilesjärvi* (kylän asukkaat sanoivat sitä *Niäsjärveksi*), josta saatiin ahvenia ja haukia.

Niäsjärven kupeessa oli myös **Juho Bergin** hoitama vehnämylly ja sahayritys. Juho Berg oli avioitunut 1922 **Edit Viisaisen** kanssa ja he muuttivat 1924 Jaakkimaan Uukuniemeltä. Juho osallistui Meriän ja Jaakkiman asioiden hoitoon. Hän toimi Meriän kansakoulun johtokunnassa, kunnanvaltuusmiehenä sekä kunnallisessa ja valtiollisessa vaalilautakunnassa. Mutta eivät Bergin Juhon (kutsuttiin myös Bergin Jussiksi) työt ja luottamustoimet siihen loppuneet: töitä riitti myös *Maakansan* asiamiehenä ja **Härkösen** nahkatehtaan asiamiehenä. Edit ja tytär **Kyllikki** olivat puolestaan mukana perustamassa Meriän Marttakerhoa. Edit toimi myös piirikirjaston johtokunnassa.

Niäsjärven kupeessa toiminut mylly ja saha oli merkittävä yritys koko Jaakkiman pitäjän näkökulmasta. Myllyn ja sahan toimuntaa kuvataan tarkemmin kappaleessa 3.

Vaikka asutus keskittyikin kahteen kyläkeskukseen, meriäläisillä oli kauempana idässä **Kukkalammen** takana **Vehkasuolla** karjan laidunmaita, heinäpeltoja ja viljelyksiä. Kesäaikaan osa talon karjasta saatettiin kuljettaa jopa viikkokausiksi Vehkasuolle, jonne johti suunnilleen peninkulman pituinen kärrytie. Heinäkuormia kuljettaneet ja karjanajossa olleet meriäläiset tulivatkin tutuiksi monille Kukkalammen ja Nivan kylien kanta-asukkaille.

Meriän keskuspaikkana voidaan pitää kylän kansakoulua, joka sijaitsi mukavalla paikalla Ukonlammen rannalla. Se tarjosi sopivat puitteet monille juhlatapahtumille sekä kerho- ja harrastustoiminnalle. Koulun tiloissa toimi myös kyläkirjasto, jonka kirjat oli kerätty yksityisin varoin. *Aili Viherkari* (os. *Lakkonen*) oli 1930-luvulla koulun ainoa päätoiminen opettaja ja asui miehensä kanssa koulun yhteydessä.

Kuva2: Meriän kansakoulu kuvattuna jatkosodan vuonna 1942.
Koulun edessä Juho Berg uuden opettajan kanssa

Niin sanottuun *Pitkäsen ryhmään* kuului kaikkiaan noin 20 taloa. Nimensä tämä kyläryhmä lienee saanut *Lauri Pitkäsen* mukaan. Häntä pidettiin kylän johtohahmona herastuomarin toimensa ansiosta mutta hän veti ansiokkaasti myös kylän harrastus- ja pyhäkoulutoimintaa. *Lauri Pitkäsen* poika *Antti* kulki isänsä viitoittamalla tiellä ja toimi 30-luvulla herastuomarina.

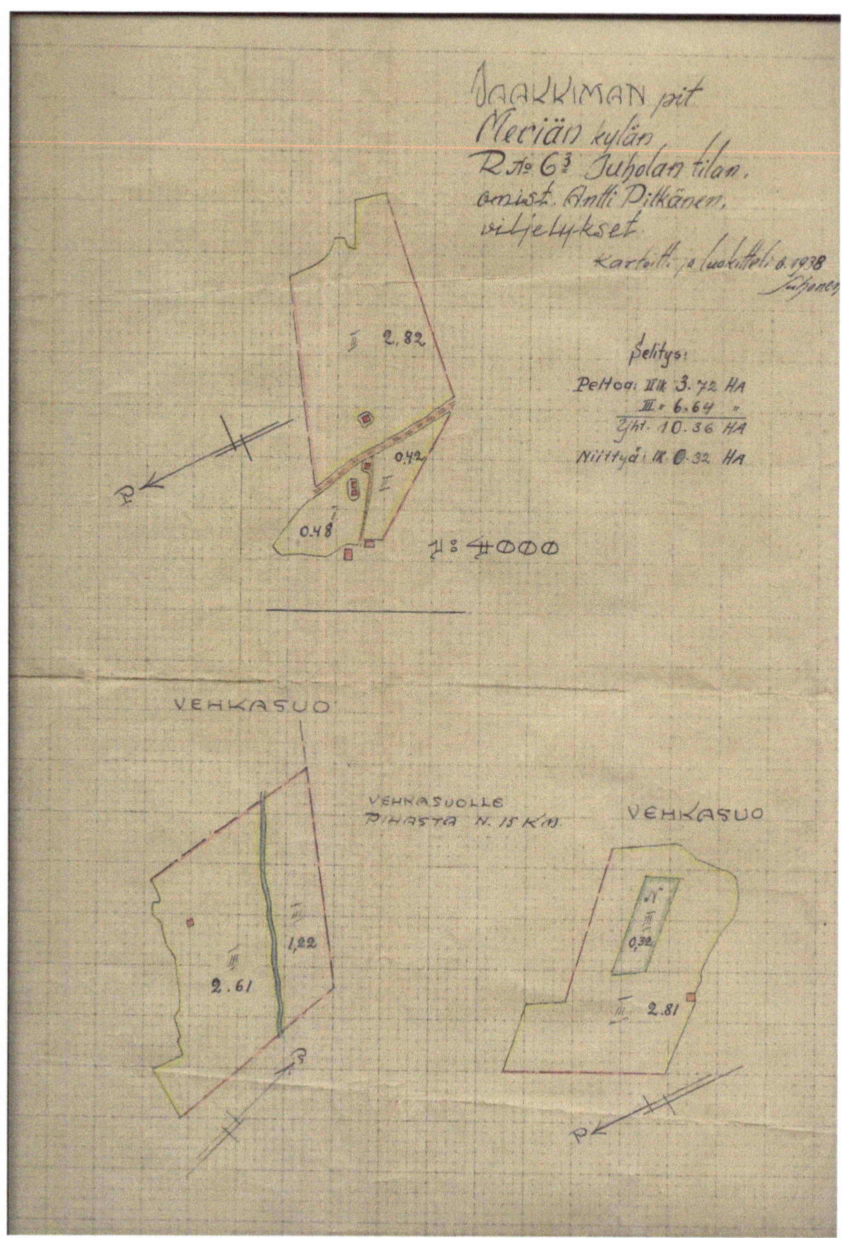

Kuva 3: Meriän kylän tilat olivat tyypillisesti 10 hehtaarin luokkaa.
Monella talolla oli jo 1700 -luvulla jaettua lisämaata Vehkasuolla.

Pitkäsen ryhmän talollisia olivat myös mm. *Sinkkoset, Hannoset, Mäkiät, Pääkköset* ja *Kilpiöt.* Talollisten mailla asusteli lisäksi jonkin verran tilatonta väkeä, jotka elättivät itsensä pääosin metsä- ja maatalouden aputöillä. Kylällä vieraili usein myös metsämiehiä ja kauppamiehiä, jotka saivat aina tilapäiset majapaikat taloista. Meriäläiset suhtautuivat ystävällisesti näihin kulkijoihin, ja nukkumapaikat matkalaisille yritettiin järjestää vaikka tuvan lattialle.

Kuva 4: Hannosen Pekka (Petter) kalassa Niäsjärvellä

Kalaisa Niäsjärvi sijaitsi aivan Meriän kylän pohjoisimmassa osassa. Raja Jaakkiman ja Uukuniemen kuntien välillä kulki järven pohjoisosien kautta. Kauniilla paikalla Niäsjärven etelärannalla oli **Hannosen Pekan** talo. Pekan naapureita olivat Bergin Juho ja **Eerikäisen Eino**. **Sinkkosen huvila** sijaitsi myös Niäsjärven rantamaisemissa.

Kuva 5: Hannosen talo Niäsjärven rannalla sijaitsi jo hyvin lähellä Uukuniemen pitäjärajaa.

Meriä oli kenties Jaakkiman pitäjän syrjäisin kylä. Vielä 1900-luvun alussa Meriän seudun metsissä liikuskeli villieläimiä, mutta 1930-luvulla niistä ei nähty enää merkkiäkään. Vuosisadan alussa karhut ja sudet nähtiin vielä uhkana maataloudelle ja erityisesti karjalaitumien turvallisuudelle. Kylän karhunampujista kuuluisin oli Pitkäsen Lauri, jolla riitti aikaa muiden toimiensa ohella myös metsästysharrastukselle.

Vielä 1900 alussa Meriän asukkaat saattoivat nähdä karhuja ja hirviä kylää ympäröivillä suojaisilla metsäalueilla. Yksi Meriän vanhemman polven asukkaista oli **Brydenfeldin Elias**, joka asui syrjäisellä paikalla Vehkasuon kärrytien varrella. Eliasta kutsuttiin vähän vaikean saksalaisperäisen nimen vuoksi *Ryytveltin Eliaaksi.* Kylällä kerrottiin Eliaasta usein värikkäitä juttuja. Joskus 1920-luvulla hän kertoi nähneensä kylän laidalla metsästysretkellään karhun. Eliaan kertomuksen mukaan karhu jäi ampumatta miehen säikähdettyä odottamatonta kohtaamista niin paljon, että *"hiukset jäivät pystyyn pitkäksi aikaa"*

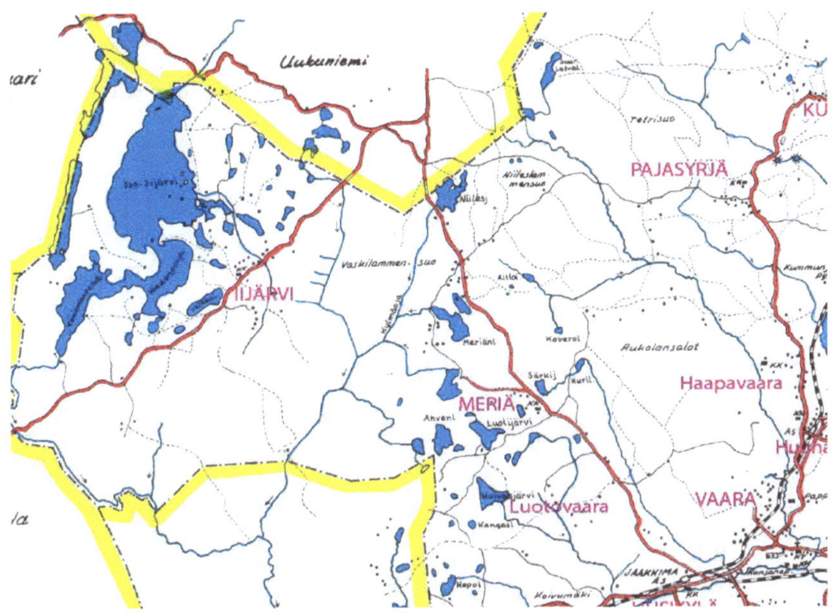

Kuva 6: Meriä Jaakkiman kartalla. Perämeriän kyläalue sijaitsi
Uukuniemen tien länsipuolella lampialueen suunnassa koulun
eteläpuolella. Perämeriän (tai Pien-Meriän) puolella oli myös
parisenkymmentä taloa.

Vaikka Meriän sijainti Jaakkiman kartalla olikin varsin syrjäinen, kylä oli kuitenkin vireä ja elinvoimainen. Yhteiset riennot, talkoohenki ja naapuriapu kuuluivat ajan hengen mukaisesti kylän arkipäivään. Kesä oli aina vuoden kiireisin vuodenaika ja kaikkien käsiparien työpanosta tarvittiin. Heinätöiden aikaan meriäläisten avuksi tuli useasti sukulaisia ja tuttavia aina Sortavalaa, Viipuria ja Lappeenrantaa myöten. Kun kesä alkoi taittua syksyksi, kiireet hiljalleen tasoittuivat. Meriän koululaiset muistavat alkusyksystä erikoisesti puimakoneen tarmokkaan sätkätyksen ja muutaman päivän pituisen perunannostoloman.

Meriän kylä oli monien palveluiden suhteen omavarainen. Kansakoulun lisäksi kylältä löytyi **Similän Akselin** kauppa, josta ostettiin mm. riisiä, kahvia, rusinoita, hiivaa ja muita tuotteita. Vuosien varrella kauppaa pyöritti Similän Akselin lisäksi useitakin kyläläisiä, kuten **Sinkkosen Jussi**. Jossain vaiheessa Similän Akseli pyysi myös Mäkiän Mattia ottamaan kaupan pyörittämisen vastuulleen. Matti piti kuitenkin kauppiaan tehtävää liian sitovana ja vastuullisena.

Maaseudun kyläkaupan ostokset saattoi tietenkin maksaa Suomen markoissa, mutta riisi- tai kahvipaketin saattoi myös saada vaihtokaupalla, kun tarjosi kauppiaalle vastineeksi vaikkapa voipaketin. 1930-luvulla voi oli tosiaan vielä arvokasta ja siitä sai 10-15 markkaa kilolta. Vertailun vuoksi todettakoon, että Fazerin tuttu sininen suklaalevy maksoi kaupassa 3 markkaa ja linja-autokyyti Jaakkiman kirkolle tai Lahdenpohjaan suunnilleen saman verran.

Kaupan ja koulun ohella kylä tarjosi asukkailleen myös muita palveluja. Ahokkaan Emman toimenkuvaan kuului vielä 20-luvulla kätilönkin keikkatyöt, mutta 30-luvulla hän keskittyi hieronta- ja kuppauspalveluihin. *Teräväisen Alviina* oli puolestaan kylän ompelijatar. Alviinalla riitti runsaasti ompelutöitä, vaikka Lahdenpohjasta ja Jaakkiman talvimarkkinoilta saattoi ostaa 30-luvulla valmisvaatteitakin. - Kylältä löytyi myös sepän- ja muiden käsitöiden osaajia.

Meriän kylällä ei ollut omaa postitoimistoa. *Pitkäsen Juho* oli kuitenkin tehnyt Postin kanssa sopimuksen sanomalehtien, kirjeiden ja muiden postitavaroiden jakelusta kylän taloihin. Juho (jota kutsuttiin *post-Pitkäseksi*) toimi myös Jaakkiman sanomien asiamiehenä. 1930-luvulla Jaakkiman Sanomat ilmestyi vielä kolmasti viikossa. - Kyläpostin toimintaa kuvataan tarkemmin luvussa 4.

Elämä ei ollut pelkkää arkista työntekoa, vaan nurkkatansseilla, retkillä ja urheiluharrastuksilla oli oma sijansa varsinkin kylän nuoremman väen keskuudessa. Suosittuja retkikohteita kesäaikaan olivat laivamatkat laajan Laatokan vesillä aina vanhaan Valamoon saakka. Talviajan suurin tapahtuma oli Jaakkiman tammimarkkinat, jotka vetivät väkeä aina naapuripitäjiä myöten. Tammimarkkinoiden aikaan linja-autot olivat tupaten täynnä kulkijoita ja Jaakkiman taksiautot kuljettivat markkinaväkeä korkeapaineella.

Kuva 7: Meriän nuorison kesäretki 1938 suuntautui Punkaharjulle ja Savonlinnaan. Joitakin pystyy vielä tunnistamaan: 1. vas Mäkiän Martta, 4. vas. Anna, 5. vas.Mäkiän Aili. Tyttö kansallis-puvussa on Helastin Maire ja eturivin mies (kravatti kaulassa) on Viisaisen Aarne.

Talvisotaa edeltävät vuodet olivat Meriän (ja koko Suomen) historiassa vaurastumisen ja optimismin aikaa. Maatalous eli kukoistusaikaansa, ja kylät olivat hyvinkin elinvoimaisia. 30- luvun alun lamavuosien jälkeen puunjalostusteollisuus veti talouden uuteen nousuun, mikä näkyi metsäkaupan nopeana virkistymisenä myös Meriän kylässä. Tuohon aikaan monet metsää omistavat meriäläiset kaatoivat talvisaikaan myyntiin runkoja, karsivat puut ja kuljettivat ne usein hevospelillä Jaakkimaan. Seurakunta kaatoi myös omilta laajoilta metsätiluksiltaan puuta varsin usein. Metsätyöhön palkattiin paljon työvoimaa ja kuljetuskalustoa. Monet meriäläiset muistavatkin mm. seurakunnan puukuormia kuljettavat Reo- ja Volvo-kuormurit sekä Ensosta tulleet automiehet, jotka majoittuivat usein kylän taloihin jopa viikkokausiksi.

Kuva 8: Enson automiehet kuljettavat tässä kuvassa puutavaraa 30-luvun tyyliin. Autossa oli kuljettajan lisäksi repsikka, joka avusti kuorman lastauksessa ja purkamisessa.

3. NÄÄSJÄRVEN TULLIMYLLYSTÄ *MERIÄN MYLLY JA SAHA* OY:KSI

Nääsjärven kupeessa Pitkästen mailla (Meriä 6) tiedetään vesimyllyn jauhaneen viljasatoa jo 1800-luvun puolivälissä. Tullimyllyksi sanottiin noihin aikoihin vesivoimalla toimivaa ratasmyllyä, jonka omistajalla oli oikeus jauhaa korvausta eli *tullia* vastaan sivullisten viljaa. Jauhatusmaksuna saattoi olla vaikkapa yksi kappa tynnyriltä. Tullimyllyn omistaja maksoi puolestaan kruunulle veroa, jonka suuruus vastasi neljännestä jauhatusmaksuina kerätystä viljamäärästä.

Tullimyllyille jaettiin omat jauhatuspiirit, joihin kuului useita kyliä. Kylien viljelijät jauhattivat viljansa oman piirinsä tullimyllyssä, ellei heillä ollut käytössään omaa kotitarvemyllyä. Tullimyllyjen jauhatuspiirit järjestettiin niin, etteivät myllymatkat muodostuneet kohtuuttoman pitkiksi.

Myllylle tuodusta viljasta kerättiin ennen vuotta 1923 myös pappien *elosaatavia*, joihin kuului rukiin, kauran ja ohran lisäksi myös voita. Luovutettavan voin määrä laskettiin tilan lehmäluvun mukaan. Sääntöjen mukaan voin piti olla laadultaaan hyvää. Jos elosaatavien määrä tai laatu ei ollut riittävä, sai myllyn käyttäjä papilta sakon. Esimerkiksi puuttuvan 750 g:n voimäärän saattoi kyllä korvata 1 mk 50 p suuruisella rahamäärällä, mutta sen lisäksi papilta saattoi kuulla vähän kitkerää palautetta talonpojan häpeästä ja synnistä (*Samuli Tapanainen* 1910).

Viljan jauhatuksen lisäksi mylly oli sopiva paikka myös pienille kyläkokouksille tai vaikkapa nuorison kokoontumisille. 1800-luvulla elettiin rauhallista lahjoitusmaakautta Venäjän vallan alla, mikä vaikutti positiivisella tavalla viljaa tuottavien talonpoikien asemaan. Venäjän uusi pääkaupunki Pietari pystyi ostamaan kaiken, mitä Laatokan seutu tuotti.
(*Kuujo Erkki, 1958*).

Meriän viljamyllystä löytyy maininta ainakin *Kurkijoen kihlakunnan historia* -kirjassa. Sen mukaan pienehkö mylly sijaitsi jo 1800-luvulla *Nääsjärven* purossa *Meriän* kylässä. Kylän asukasmääräksi kirjassa mainitaan 130 ja talojen määräksi 20. Jaakkiman henkikirjoissa vuodelta 1870 mainitaan puolestaan, että tullimylly sijaitsi **Juho Matinpoika Pitkäsen** (Meriä 6) mailla.

Vuosien saatossa myllyn toiminnasta vastasi tietenkin moni kyläläisistä. *Pitkäsen Antin* (1872- 1943) aikana mylläriksi tuli 1908 **Pekka Suomalainen** Parikkalasta. Henkikirjoissa hänet on merkitty *arentimieheksi* ja asuinpaikaksi Meriä 12. Pekka Suomalainen menehtyi keuhkotautiin 1922 ja hänen puolisonsa **Anna Pekkinen** sai surmansa salaman iskusta 1930. Molempien haudat ovat Jaakkiman kirkkomaalla.

Suomalaisen Pekan jälkeen myllärin työt siirtyivät Pääkköselle. Samoihin aikoihin Antti Pitkänen möi myllyn veljelleen **Erkki Pitkäselle**, joka isännöi myllyä vuoteen 1931 saakka. Meriän myllyn seuraava omistaja oli Kotkasta muuttanut ja *Diesen Wood Company Aktiebolagin* tehtaalle Pitkärantaan töihin tullut **Erland Helin**. Erland Helin oli työskennelyt Norjan sahalla Kotkassa ja muuttanut perheineen Impilahden Pitkärantaan 26.1.1922.

Myllyä kunnosti ja laajensi 1931 – 1933 **Hugo Uuno Helin,** jonka isä **Paavo Helin** omisti Kesvalahden myllyn. Erland Helin siirsi myllyn hoitovastuuta nuoremmalle pojalleen **Veli Juhani Helinille**. Veli Juhani **Helasti** (nimenmuutos 1936) kunnostutti myllyn, laajensi sahatoimintaa ja mainosti ahkerasti liiketoimintaansa. Meriän myllyyn rakennettiin oma sähkölaitos. Voima saatiin muutostöiden jälkeen 20 hv vesiturbiinista ja 30hv höyryturbiinista. Sahalle ostettiin raami, syrjäsaha, rimasaha, pärehöylä ja katkaisusirkkelit. Mylly toimi edelleen tullimyllynä, mutta viljaa jauhettiin myös myytäväksi silloin kun tullijauhettavaa oli vähemmän.

Meriän mylly ja saha.

Askettäin — v. 1933 — virallisesti perustettu Meriän mylly ja saha on Jaakkiman huomatuimpia — teollisuuslaitoksia. — Tehdaslaitokset sijaitsevat Meriän kylässä aivan lähellä Uukuniemen pitäjän rajaa. Myöskään Saaren pitäjän raja ei ole kovin kaukana, joten sen välittömään vaikutuspiiriin voidaan laskea paitsi Jaakkimaa ja sen yhteydessä Lumivaaraa, myöskin Uukuniemen ja Saaren pitäjät.

Tehtaan paikalla on aikaisemmin —. ainakin jo vuosisadan ajan — ollut vähäinen, vesivoimalla käypä mylly, jonka viimeksi omisti mylläri Erkki Pitkänen. — Pari vuotta sitten osti ylimestari E. Helin Pitkärannasta mainitun myllyn koskineen tarkoituksella laittaa paikalle suuremman teollisuuslaitoksen. Kahden vuoden aikana onkin paikalla tapahtunut varsin huomattavia muutoksia. Vähäisestä kylämyllystä on kehittynyt täysin uudenaikainen vehnämylly, jossa luonnollisesti toimitetaan edelleenkin kaikkea muutakin jauhatusta, sekä sen rinnalle oloihin katsoen monipuolinen sahalaitos, sekin eri osastoineen.

Tehdaslaitosten rakentamisessa on johtajana toiminut herra Huugo U. Helin, joka tulee edelleenkin toimimaan laitosten johtajana. Herra Helinin parikymmenvuotinen kokemus myllyalalla on varmaankin hyvänä takeena siitä, että laitosten johto on riittävän pätevissä käsissä. — Hra Helinhän omisti aikaisemmin useita vuosia m.m. Kesvalahden myllyn Lumivaarassa, tullen silloin jo paikkakuntalaisille tunnetuksi pystyvänä ammattimiehenä.

Meriän vehnämyllyn koneisto on — hra Helinin vakuutuksen mukaan — nykyaikaisinta, parhaiten meidän oloihimme soveltuvaa englantilaista osin ruotsalaista valmistetta, jonka pätevä ammattimies on omakohtaisesti tarkoitukseen valinnut, käsittäen 8-valssiset vehnämyllykoneet, tasosihdin, imusuodattaminen sekä sen lisäksi joukon erilaisia, tarpeen-

vaatimia viljan ja jauhon siirtolaitteita. Vehnän jauhatuskyky on n. 3000 à 4000 kg. vuorokaudessa riippuen jauhatuserien suuruudesta sekä viljan laadusta, kosteudesta j.n.e.

Paitsi varsinaista tullijauhatusta on myllyssä tarkoitus ruveta myöhemmin harjoittamaan myös vehnänjauhatusta kauppaa varten sellaisina aikoina, jolloin tullijauhatusta ei ole riittävästi. Nyt äskettäin saatua koneisto täydelliseen kuntoon, tulee jauhatus hyvin joutumaan työn käydessä tarpeen mukaan kolmessa vuorossa ja työväestön ollessa täysin ammattitaitoista.

Sahalaitos on myös täysin ajanmukainen ja tarkoitustaan vastaava, käsittäen raamin, syrjäsahan, rimasahan, pärehöylän ja pari katkaisusirkkeliä. Sahan tuotantokyky on n. 500 standerttia vientitavaraa sekä sen lisäksi luonnollisesti erilaiset suuremmat tai pienemmät paikalliset kotitarvesahaukset.

Voimana tehdaslaitoksissa on sekä vesi- että höyryvoima, edellistä kehittäen n. 20 hv. vesiturbiini ja jälkimmäistä 30 hv. höyrykone. Polttoaineena käytetään sahausjätteitä, joten höyryvoimankin kustannukset tulevat mahdollisimman pieniksi. Edellisen lisäksi mainittakoon, että tehtaan yhteydessä on oma sähkölaitos etupäässä valoa mutta myös pienempiä, satunnaisia voimantarpeita varten. — Tehdasrakennusten kokonaispinta-ala on n. 400 m² sekä kuutiotilavuus n. 1100 m³.

Jo ulkoapäin katsottaessa tekee nykyinen Meriän mylly ja saha maalattuine rakennuksineen sangen miellyttävän vaikutuksen. Samaa vahvistaa edelleen niin myllyn kuin sahankin sisäpuolinen tarkastelu siisteine, tarkoitustaan vastaavine huoneineen ja laitteineen. — Näin ollen on täysi syy suositella sitä kaikille niin myllyä kuin sahaakin tarvitseville uudenaikaisena, suuretkin vaatimukset vastaavana tämän alan tehdaslaitoksena.

Kuva 9: Maakansa-lehden artikkeli vuodelta 1934

Meriän Mylly ja Saha Oy.n toiminnnan takaamiseksi siellä tarvittiin osaavaa henkilökuntaa. Sen saaminen ei tainnut olla helppoa:

Kuva 10: Ilmoitus Jaakkiman Sanomista 1934

Helastit siirtyivät 1938 Ouluun. Diesen Wood Company Aktiebolagin talousvaikeudet alkoivat ja Ouluun rakennettiin uusi selluloosatehdas, jonka palvelukseen Helastit päätyivät. Toinen pojista Erland Olavi Helasti s. 1911 oli valmistunut paperi-insinööriksi Tampereelta.

Myllyn omistajiksi palasi Juho Berg kumppaninaan **Alarik** Hannonen, joka oli avioitunut **Viisaisen** tyttäristä **Katrin** kanssa. Juho Berg asui vaimonsa Edit Viisaisen kanssa myllyllä sotaan asti. Myllyllä työskenteli myös **Kullervo Airaksinen**, joka oli avioitunut Juhon vaimon siskon **Taimi Eliinan** kanssa.

Kuva 11   : Meriän mylly ja Juho Berg

Toisen maailmansodan alussa koko Meriän mylly ja saha, samoin kuin asuin- ja ulkorakennukset paloivat. Kun meriäläiset pääsivät palaamaan takaisin kotiseudulleen 1942, Juho Berg kunnosti vielä myllyn käyttökuntoon.

4. POSTIN KULKU LAHDENPOHJAN JA MERIÄN VÄLILLÄ

Meriä oli Jaakkiman pitäjän syrjäisimpiä kyliä, jonne matkaa kirkolta kertyi noin 9 kilometriä. Tuo matka ei nykymittapuun mukaan olisi lainkaan pitkä mutta asiointi Jaakkiman kirkolla ja Lahdenpohjassa oli vielä 20- ja 30-luvulla aina melkeinpä päivän urakka. Hyvin harvalla oli käytössään auto, ja linja-autoyhteys Meriän ja Lahdenpohjan välillä kulki vain pari kertaa päivässä. Vanhempi ikäpolvi ei vielä 30-luvullakaan oikein hallinnut polkupyörän käyttöä. Näin käynti kirkolla vaati yleensä oman hevosen valjastamisen ja tunnin ajon. Joskus päästiin kirkolle myös linja-autolla tai Sinkkosen Jussin kyydissä. Sinkkosen Jussi pyöritti yhteen aikaan kyläkauppaa ja ajeli säännöllisesti Meriän ja Lahdenpohjan väliä omalla T-Fordillaan.

Meriän syrjäinen sijainti näkyi pitkään myös postinkannon hitautena. Asiaa ryhdyttiin parantamaan 1907, jolloin Lahdenpohjan ja Meriän välille palkattiin *Pitkäsen Antti* ensimmäiseksi maalaiskirjeenkantajaksi. Alussa posti kuljetettiin vain lauantaisin mutta 20-luvulla postia saatiin lauantain lisäksi myös keskiviikkoisin.

> — **Uusia postireittejä ja wuoroja** alkaa Jaakkimassa tämän wuoden alusta. Niinpä alkaa posti kulkea Jaakkiman aseman ja Meriän wälia joka lauwantai ja Keswalah-belle tulee posti kulkemaan joka tiis-tai ja lauwantai.
>
> — **Jaakkiman postitoimisto** muutetaan Fennanberin taloon, jossa posti jaetaan jo ensi lauwantaina.

Kuva 12: Jaakkiman sanomien ilmoitus 4.1.1907.

Postitoimensa ansiosta Pitkäsen Antti tuli hyvin tutuksi kaikille meriäläisille. Monet tunsivat hyvin myös Antin perheen. Vaimon **Anna Mörskyn** (1875-1913) kuoleman jälkeen Antti avioitui **Liisa Tiittasen** (os. Hyppönen) kanssa juhannuksen aikaan 1914. Perheeseen kuului myös Antin ja Annan 8 yhteistä lasta, joista tosin vain 3 varttui aikuisikään saakka.

Antti sai postimiehen toimensa ansiosta isolle perheelleen vähän lisätienistiä. Palkan suuruus ja reitti oli merkitty *välikirjaan*, jota nykyään kutsuttaisiin työsopimukseksi. Antin palkka vuonna 1917 oli noussut 18 penniin/kilometri.

Antin jälkeen postimiehen tehtäviä jatkoi hänen poikansa **Juho Rudolf**, jota kutsuttiin kylällä "**postJussi**ksi". Juho toimi samalla myös Jaakkiman Sanomien asiamiehenä. Hänen ansiokseen voidaan varmaankin laskea se, että Jaakkiman Sanomia tilasivat lähes kaikki kyläläiset. Lehti oli näin tärkeä paikallislehti vuodesta 1906 vielä sodanjälkeiseenkin aikaan.

Juhon perheeseen kuului vaimo **Johanna** (mylläri Suomalaisen tytär) sekä viisi lasta. Johannan kuoleman jälkeen Juho Rudolf avioitui **Anna Maria** (Antti Pekanpoika Pitkäsen tytär) **Pitkäsen** kanssa 1942. Sodan jälkeen Juho perheineen muutti Parikkalaan oltuaan ensin Ruovedellä ja Närpiössä evakkomatkoilla. He eivät jääneet Pohjanmaalle, niin kuin monet muut jaakkimalaiset. Syynä oli varmaan se, että veli Erkki Pitkänen asui jo Parikkalan Savikummussa. - Antin, Liisan, Anna Marian ja Juho Rudolfin haudat löytyvät Parikkalan hautausmaalta.

Mainittakoon vielä, että *Jaakkiman sanomien* lisäksi kylälle jaettiin myös **Maakansa**-lehteä ja **Rajavahti**-lehteä. *Rajavahti* ilmestyi vain vuosina 1906-1914. Osa kyläläisistä kannatti tuolloin *Rajavahti*-lehteä ja epäili, että heidän lehteään ei aina tarkoituksella jaeta. *Rajavahti* julistautui aikanaan palkkatyöläisten, pienviljelijäin, torpparien sekä kaikkien vähäväkisten ja sorrettujen äänenkannattajaksi.

5. MÄKIÄN TALON HISTORIAA

Aikaisemmin mainittiinkin, että Annan äiti Aleksandra tuli miniäksi Mäkiän sukutilalle 1909. Tilan historia on hyvinkin vanha ja se tunnettiinkin 1850-luvulle asti osana Pääkkösen maita. 1840 -luvun aikana Pääkkösen laajaa tilaa jaettiin perheen lapsille. Talollisen tyttärelle **Carin Pääkköselle** luvattiin näistä maista oma osa, mikäli hän vaan löytäisi isännäksi mitat täyttävän miehen. Uusi isäntä löytyi 1848, kun alunperin Taipalsaarelta kotoisin ollut **Joonas Mäkiä** (1820-1863) muutti tilalle isäntärengiksi ja meni pian naimisiin Carinin kanssa. Näin osasta Pääkkösen tilaa tuli Mäkiän tila.

Rauno Pääkkönen kirjoitti sukunsa vaiheista Meriässä seuraavaa:

"Varhaisin lähteistä löytynyt isän puolen esi-isäni on Petter Pääkkönen, s. 1656 ja kuollut 1736, joka on asunut Jaakkiman Meriän kylässä. Hänen osoitteekseen on merkitty kirkonkirjoissa Meriä 7, joka kylä sijaitsee Jaakkiman kirkolta luoteeseen noin 8 km. Hänen poikansa Anders Pääkkönen, s. 1721 ja kuollut 1796 on asunut samassa paikassa. Sitten hänen poikansa Michel Pääkkönen, s. 1748 on myös asunut samalla paikalla ja samoin hänen poikansa myös Michel Pääkkönen s, 1794 ja kuollut 1865. Isoisäni isä Paul Pääkkönen syntyi 1834 samalla paikalla, mutta muutti Jaakkiman Iijärven kylään talo 10, missä kuoli 3.3.1894. Isoisäni Mikko Pääkkönen syntyi Jaakkimassa Iijärvellä vuonna 1866 ja kuoli 30.7.1936 Jaakkimassa Kurenrannan kylässä"

Joonaksen ja Carinin poika **Matti** (1849-1900) joutui ottamaan isännän tehtävät vastaan hyvin nuorena, kun isä Joonas menehtyi jo 43 vuotiaana. 1875 Matti avioitui **Metsämiklin** kylästä kotoisin olleen **Maria Pekkisen** kanssa. Heille syntyi 1889 tilan seuraava (ja samalla viimeinen) isäntä, joka sai kasteessa myös nimen Matti. Hänen isännyytensä aika alkoi siis jo 11-vuotiaana, joten tuossa vaiheessa tilalla tarvittiin vielä ulkopuolista työvoimaa.

1909 Aleksandra muutti Uukuniemeltä Meriän talon emännäksi ja toi mukanaan ajalle ominaiseen tyyliin kapioarkun ja lehmän. Noihin aikoihin maatalon tyttärelle ei vielä kuulunut muita omistus- tai perintöoikeuksia, joten 21-vuotiaan Aleksandran uusi elämä Jaakkiman Meriässä alkoi puhtaalta pöydältä. Matin ja Aleksandran ensimmäinen lapsi Toivo syntyi 1910. Vanhempien suureksi suruksi Toivo huomattiin jo muutaman vuoden ikäisenä kyvyttömäksi (nykyisin puhuttaisiin kai Downin syndroomasta?) työntekoon ja tilan tulevaksi isännäksi. Lisää surua taloon toi myös Matin äidin Marian kuolema 1913.

Toivo-esikoisen jälkeen perheeseen syntyi vuosien 1913- 1927 välillä neljä tervettä tyttöä: Martta, Aili, Anna ja Eeva. Mäkiän tupa vilisi 1920-luvun alussa pienistä lapsista, joten aputyövoiman tarve oli suuri. Taloon palkattiin piiaksi ensin **Tiitan Miina** ja Miinan muuttaessa muualle **Hörpän Hilja**. Kun lapset kasvoivat, piioista luovuttiin 1930-luvun alussa. Lisätyövoimaa tarvittiin kuitenkin edelleenkin, varsinkin kiireiseen kesäaikaan. Tilan mailla asui vuokrasuhteessa mökkiläisiä (**Härköset, Hannoset, Neiglickit** ja **Ahokkaat**), jotka auttoivat monella tapaa isäntäväkeä talon töissä.

1920-luku oli maatalouden kulta-aikaa Meriän kylällä ja koko Suomessa. Tilojen tuotanto ja varallisuus kasvoivat noina vuosina nopeasti. Mäkiän tilan lehmien määrä kasvoi 9 lypsävään, joista saatava maito meni suurelta osin Iijärven osuusmeijeriin. Maidosta tehtiin toki kotosalla voita, jota saattoi kätevästi käyttää myös kyläkaupan maksuvälineenä. - Lehmien lisäksi talon eläinkantaan kuului myös lampaita, sikoja, kanoja ja pari kissaa, joiden tehtäväksi jäi yöllinen hiirijahti.

Varsinaista viljelysmaata Mäkiän tilalla oli 9 hehtaaria. Matille tuntui olevan tärkeää, että viljapellot alkoivat heti kotitalon ikkunan alta ja jatkuivat silmänkantamattomiin. Peltomaat tuottivat kauraa, ohraa, vehnää ja ruista yleensä paljonkin yli oman tarpeen. Peruna-, nauris- ja porkkanaviljelmät löytyivät myös talon läheltä.

Karjan laidunmaat olivat osin **Vehkasuolla** rautatien tuntumassa **Nivan aseman** lähellä. Vehkasuolla oli pieni mökki, johon Anna muutti usein kesäaikaan viikkokausiksi sisarensa kanssa huolehtimaan lehmien laiduntamisesta ja lypsämisestä. Tytöille annettiin Vehkasuon reissulle evääksi leivän ja voin lisäksi myös rahaa, jolla saattoi ostaa vaikkapa puuroriisiä läheisestä **Rädyn** kaupasta.

Uusi kotitalo rakennettiin lamavuosina 1930-31. Puut kaadettiin omasta metsästä, kuivatettiin ja höylättiin hirsiksi. Rakennusprojekti oli jo tuohon aikaan iso asia, vaikka taloon ei vedettykkään vielä sähköjä tai vesijohtoja. Rakentamiseen osallistui Matin lisäksi Perämeriän puolella asuneet **Kostamon** veljekset **Simo** ja **Aarne** sekä **Silvennoisen Rafael** (Matin siskon Annin poika) Luotovaaran kylältä. Talkoissa oli mukana myös paljon oman kylän väkeä.

Uuteen taloon valmistui kolme makuuhuonetta mutta suurin huone oli avara tupa. Tuvassa tehtiin ruokaa, leivottiin, syötiin, levättiin ja nukuttiinkin. Kulkijoita, jotka pyysivät talosta yösijaa, riitti sekä talvella että kesällä. Erityisen paljon vaeltajia oli suuren laman vuosina 1930-33. Monet olivat väsyneitä ja nälkäisiä ja heille tarjottiin yösijan lisäksi myös ruokaa. Pidettiin itsestään selvänä, että mieron tielle laman heittämiä ihmisiä autetaan aina jotenkin.

1930-luvun alkuvuosien syvä talouslama tuntui kipeästi monen jaakkimalaisenkin arjessa. Työttömyys nousi ennätyslukemiin ja samalla maataloustuotteiden ja metsän myyntihinnat romahtivat. Erityisesti ne, jotka olivat ottaneet 20-luvun hyvinä vuosina pankkilainoja, joutuivat nyt taloudelliseen ahdinkoon.

Näin kävikin eräälle Matin tuttavalle, jonka harteilla oli 33 000 markan pankkilaina Iijärven osuuskassasta. Matti oli suostunut kahden muun tuttavan kanssa lainan takaajaksi. Kun lainan ottaja joutui konkurssiin, jäi lainasumma takaajien niskoille. Kaksi näistä takuumiehistä olivat itsekin laman seurauksena varattomia, joten Matti pelkäsi koko lainan lankeavan hänen maksettavakseen. Onneksi näin ei sentään käynyt vaan Matti selvisi 11 000 markan takuuosuuden suorittamisella. Sekin oli tietysti iso raha laman aikana mutta vuosien myötä siitä selvittiin kunnialla. - Anna kertoi myöhemmin, että tämä ikävä tapaus värjäsi Matin hiusten tumman värin harmaaksi muutamassa vuodessa.

Laman puristava ote helpotti vähitellen ja Mäkiän tuvassa alkoi taas yöpyä nälkäisten kulkijoiden sijasta vaeltavia kauppamiehiä, automiehiä ja muita työntekijöitä. Yleistä taloudellista optimismia kuvaa hyvin Annan kertoma tapaus Silvennoisen Rafaelista, joka suunnitteli rautakaupan perustamista Lahdenpohjaan. Eräänä lauantai-iltana Rafael vieraili kuvankauniin kihlattunsa **Loikkasen Ellen**in kanssa Matin ja Sandran luona. Anna näki ja kuuli kun pari käveli käsikädessä hiljalleen alakaivon notkoa alaspäin ja haaveili yhteisestä tulevaisuudesta...

Laman taittumisen lisäksi myös *kieltolain* kumoaminen koettiin yleisesti myönteiseksi asiaksi. Kieltolakivuosina alkoholin myyntikieltoa kierrettiin monin tavoin sekä kaupungeissa että maaseudulla. Viinan hankkimista ei kokonaan kriminalisoitu, vaan sitä sai noutaa eläinlääkärin kirjoittamalla reseptillä apteekista. Vähän leikillisesti sanottiinkin, että kotieläimet tuntuivat olevan kieltolain aikana jatkuvasti pirtun tarpeessa...

Varsin usein kysytään, miten laskeva numerosarja 543210 liittyy Suomen historiaan. Tässä lyhyt vastaus tähän tietokilpailukysymykseen:

Tammikuussa 1932 pidettiin suomalaisittain harvinainen kansanäänestys siitä, pitäisikö kieltolaki viimein kumota ja avata alkoholikauppojen ovet 13 vuoden tauon jälkeen. Kansanäänestykseen lähdettiin sankoin joukoin myös Meriän kylällä. Ennen äänestystä Matti kehotti Aleksandraa ihan vakavalla mielellä äänestämään kieltolain kumoamisen puolesta. Emme tiedä, ottiko Aleksandra Matin kehoituksen vakavasti, mutta valtaosa kansasta kannatti alkoholikauppojen uudelleenavaamista. Näin Alko avasi ensimmäistä kertaa ovensa Lahdenpohjassa ja muualla Suomessa 5.4.32 klo 10 aamupäivällä. Pitkään jatkunut valtiotalouden alijäämä muuttui pian ALKOn verotuottojen ansiosta ylijäämäksi, ja samalla alkoholin salakauppa tyrehtyi melkein kokonaan.

Merkillistä kyllä, kieltolain kumoaminen pienensi huomattavasti alkoholin kulutusta. Meriän kylällä alkoholia käytettiin koko ajan suurella kohtuudella mutta Lahdenpohjan reissuilta tuotiin joskus karhuviinapullo isännän kaappiin "vierasvaraksi".

Kerran kävi niin, että Matti vieraili kirkonkylän liepeillä sopimassa puuasioista **Romusen Ville**n kotona. Ilta venähti miehiltä huomaamatta vähän pitkäksi, kun tarjolla oli kahvin lisäksi myös kupillinen karhuviinaa. Matin **Humu**-hevonen kyllästyi lopulta isäntänsä odotteluun ja päätti lähteä itsekseen askeltamaan kohti Meriää. Iltamyöhällä Aleksandra huomasi hevosen rekineen tulleen kotipihalle – ilman Mattia. Aleksandra oli tietenkin hyvin huolissaan Matin kohtalosta. Parin tunnin kuluttua Romusen Ville toi onneksi Mäkiän isännän kotiin omalla hevosellaan. Aleksandraa piinannut huoli miehensä terveydestä oli ohi, mutta Matti sai kyllä jälkeenpäin kuulla asiasta puolisoltaan kipakkaa palautetta.

Kieltolain loppumisella ei ollut suurtakaan vaikutusta Meriän kylän tapahtumiin mutta laman verkkaimen taittuminen tuntui jo useimpien arjessa. Maataloustuotteiden ja kaadetun metsän hintojen kohoaminen toi moneen taloon kaivattua taloudellista vakautta. Matti maksoi takausvelkansa pitkälti oman metsän myynnillä. Talvisaikaan hän kaatoi itse puut, kuori ne ja kuljetti hevoskyydillä Jaakkiman asemalle. Muutaman kerran Anna pääsi mukaan näille rekiajeluille puukuorman kyytiin. Jaakkiman asemalla oli **Roinisen** tädin kahvila, missä nautittiin kahvikupin kanssa tuoreet kampawienerit. Ne maistuivat talvisen reissun jälkeen taivaallisen hyviltä.

Matti sai takausvelkansa kuitatuksi 1935. Saman vuoden kesällä Mäkiän taloon tulivat ensi kertaa Enson automiehet, jotka maksoivat reilusti rahallista korvausta majoituksesta ja ruokailusta. Matin ja Aleksandran talouteen tuli näin mukavasti käyttörahaa, jolla hankittiin taloon ensimmäiset uudet polkupyörät. Annan käyttöön tarkoitettu pyörä oli merkiltään *Koli*, joka maksoi 600 markkaa. Martta sai puolestaan valita polkupyöräkseen 650 markan hintaisen *Kiitäjän*.

Uudet polkupyörät lyhensivät mukavasti etäisyyksiä Meriästä lähikyliin. Pyörämatka Lahdenpohjaan taittui hyvässä säässä suunnilleen tunnissa, joten tytöt alkoivat käydä ostoksilla entistä useammin Lahdenpohjan kauppaliikkeissä. Naapurikylään Iijärvelle pyöräiltiin myös toisinaan. Varsinkin Iijärven vuotuiset kalajuhlat keräsivät väkeä monesta kylästä.

Kesäaikaan haluttiin myös melko usein piipahtaa lähikylien tanssipaikoissa. Aleksandra oli luonteeltaan harras kristitty eikä hän aina ymmärtänyt tyttöjen tanssiaisintoa. Muutaman kerran Anna ja Martta livahtivat lauantai-iltana oman kamarin ikkunasta ulos, hyppäsivät *Kolin* ja *Kiitäjän* satulaan ja polkivat ripeästi lavatansseihin. Jotenkin kummasti Aleksandra lähes aina huomasi tyttöjen lauantai-iltaiset poissaolot. Aikaisin seuraavana aamulla hän herätteli uneliaat tytöt talon töihin vähän tiukkaan sävyyn: *"Jos työ kerran jaksatte yöt tanssia, niin kyl työ jaksatte nousta aamulypsylkii.."*

Kun Anna oli suorittanut Jaakkimassa rippikoulun 1937-38, alkoi Aleksandrakin hyväksyä paremmin nuo viikonlopun tanssiaismenot. Joitakin tyttäriensä toimia oli hänen kuitenkin vähän vaikea niellä. Annan isosisko Martta osti 1938 Lahdenpohjasta hiihtohousut ja kävi samalla kertaa kampaajalla lyhentämässä pitkiä hiuksiaan muodinmukaisempaan tyyliin. Kun Martta tuli kotiin, Aleksandra katsoi hämmästellen tyttärensä uutta lyhyttä hiusmallia ja totesi että pitkät hiukset ovat naisen kaunistus. Suorastaan vihaiseksi Aleksandra kävi kun näki Martan jalassa hiihtohousut, joita hän sanoi siveettömiksi. - Monen vanhemman ihmisen oli vaikeaa hyväksyä uuden ajan nuorisomuotia ja vapaampaa tapakulttuuria.

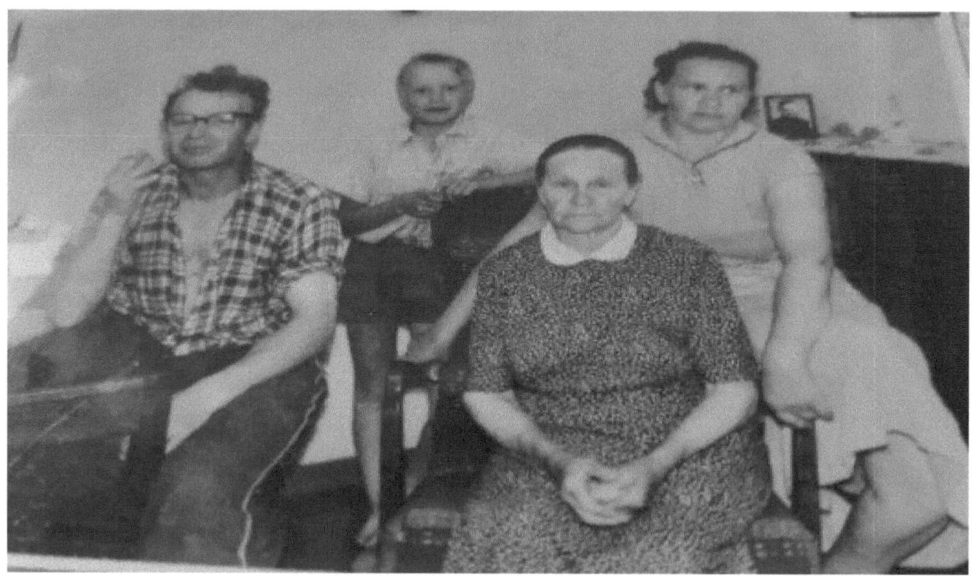

Kuva 13: Aleksandra vierailulla Eeron ja Annan luona Lauritsalassa 1950-luvulla
Taustalla seisoo Annan ja Eeron esikoispoika Kari.

Lasten suhtautuminen Mattiin ja Aleksandraan oli joistakin erimielisyyksistä huolimatta kunnioittava. Vanhemmat toivat arjen elämään vakautta ja turvaa huolehtimalla lapsiensa arkipäivän pienistäkin asioista. Matin asenne nuorten kasvatukseen oli periaatteiden osalta Aleksandraa väljempi: hyvä käytös, opettajan antamien kotiläksyjen suoritus ja ahkera työnteko riittivät hänelle arkipäivän ohjenuoriksi.

Aleksandra oli monessakin mielessä talon väsymätön *primus motor.* Hänen työpäivänsä alkoi ennen muita aamupuuron ja -kahvin keitolla varhain klo 5 jälkeen. Kun Aleksandra oli saanut valmiiksi aamiaisen, hän herätti isännän ja lapset aamuaskareisiin kello 6 paikkeilla. Vapaata hetkeä hänellä ei päivän mittaan juurikaan ollut. Aamupäivän täysimittainen ateria (usein liha- ja perunakeittoa), valmistui kello 10 paikkeilla. Tuon aterian jälkeen oli usein noin tunnin lepohetki, joka ei kuitenkaan koskenut Aleksandraa: astioiden tiskaaminen ja siivouspuoli kuului ensisijaisesti emännän toimenkuvaan. Kahvit Aleksandra keitti iltapäivällä pari tuntia ennen tuhtia päivällisruokaa. Ennen nukkumaanmenoa tarjolla oli vielä kevyt iltapala teen tai kahvin kanssa.

Tupatöiden lisäksi Aleksandra ehti jotenkin aina myös ulkotöihin. *"Vie mennessäs ja tuo tullessas"* oli hänen ahkeran työntekonsa tunnuslause. Monenlaisten toimien ja kiireiden täyttämä arkipäivä päättyi Aleksandran osalta seitsemän jälkeen illalla, jolloin hän puki ylleen yöasun, suoristi pitkät hiuksensa ja vetäytyi lukemaan vähän raamattua. Ennen nukahtamista hän lauloi usein vielä jonkin virren tai hengellisen laulun: *"Ethän tiedä vaikka viimeinen, tää päivä oisi sulle...."* - Matin ilta päättyi hieman myöhemmin tupa- tai ulkoaskareiden jälkeen.

Aika usein Mäkiän tuvassa kävi myös sukulaisia kyläilemässä ja yöpymässä. Vieraille Aleksandra tarjoili varsin usein jotakin erikoishyvää ruokaa. Näitä herkkuruokia olivat mm. riisipiirakat, lihapullat, kotitekoiset makkarat ja tietenkin myös lihaisa karjalanpaisti. Aterian jälkeen nautittiin kahvit Aleksandran (tai tyttärien) leipomien pullapitkojen tai kuivakakun kera. Vieraiden käynnit ilahduttivat herkkutarjoilujen kautta tietysti myös kotiväkeä.

Varsin usein Mäkiällä nähty sukulaisvieras oli Aleksandran **Selma**-sisar, joka oli onnellisesti naimisissa Uukuniemen puolella. Selma arvosti hyvää ruokaa ja pukeutui aina kyläreissuillaan muodinmukaisiin asuihin. Jos tiedettiin Selman tulevan kylään Mäkiälle, merkitsi se aina Aleksandralle erikoishyvien ruokien ja herkkujen valmistamista. Aleksandra kutsui usein suu hymyssä Selmaa *"herkkupepuksi"*.

Kuva 14: Äitienpäivää vietettiin Meriän kansakoululla.
Aleksandra ylärivissä neljäs vasemmalta.

Hyvää ruokaa oli – Selman vierailujen ohella - tarjolla erityisesti joulunpyhinä. Melkein kaikki jouluherkut valmistettiin tuohon aikaan omista raaka-aineista, joten jouluvalmistelut alkoivat jo viikkoja aikaisemmin. Suurin työ liittyi tietysti kinkun valmistamiseen, mutta joulupöydän herkkuja olivat myös mm. karjalanpiirakat, lanttulaatikko, riisipuuro, kalat ja luumusoppa.

Joulun viettoon kuului juhla-aterian lisäksi myös kuusen koristelu, joulusauna ja pukin vierailu talossa. Kuusen koristeet tehtiin kiiltävistä foliopapereista, jotka otettiin talteen kaupasta ostetuista suklaarasioista ja karamellipapereista. Kyläkauppias antoi usein ennen joulua ilmaiseksi myös muutamia irtokaramelleja, joita voitiin käyttää kuusen koristeina. Kuusen kynttilät sytytettiin joulusaunan jälkeen. Sitten alkoikin jo jännittävä joulupukin ja lahjojen odottelu. Matti livahti tuossa vaiheessa aina talliin "antamaan hevoselle joulukauroja". Kohta tupaan astuikin joulupukki, joka oli pukeutunut kauhtuneeseen harmaaseen pomppatakkiin, karvareuhkaan ja kasvot osittain peittävään kaulaliinaan. Matti ei tätä jouluillan juhlavierasta onnistunut kai koskaan näkemään, kun piti aina kriittisellä hetkellä kiirehtiä hevosta ruokkimaan...

Joulun jälkeen alkoivat "härkäviikot ja reikäleivät". Herkkuruokia valmistettiin seuraavan kerran pääsiäispyhiksi, jolloin pöytään saatiin usein lammasta sekä omatekoista makkaraa ja kotikaljaa.

Aleksandran ruoka- ja muutkin työkiireet alkoivat vähän helpottaa 30- luvun loppupuolella, kun lapsista kasvoi työkykyisiä nuoria. Toivo-pojan elämää ja työntekoa tosin rajoittivat synnynnäiset henkiset ja fyysiset puutteet. Vaikka työnteko ei ollutkaan hänen vahvin lajinsa, niin toisaalta muisti toimi oikein hyvin. 1936 Mäkiän mailla asuneen hieroja-Emman tytär **Saimi** meni naimisiin Laatokan kalastajana toimineen **Pösön Heikin** kanssa. Toivo oli mukana häissä ja lauloi kauniilla äänellään hääparille tunteikkaan onnittelulaulun. Laulu kertoi kauniista neidosta, jota ylkä oli tullut noutamaan avioliiton kultaiseen satamaan. Kun Saimi kysyi, mistä esittäjä oli oikein oppinut tämän kauniin hääviisun, sai hän Toivolta lyhyen ja ytimekkään vastauksen: *"Palvelustytöt opettivat"*.

Annan vanhempi sisar Aili oli talon tytöistä ensimmäinen, joka astui aviosäätyyn. Ailin puolisoksi tuli **Karosen Uuno**, joka työskenteli liikkuvana metsätyömiehenä Laatokan rantapitäjissä. Häät pidettiin morsiamen kotitalolla 1938. Uuno tuli häihinsä oman gramofonin ja levykokoelmansa kanssa. Häitä päästiin näin tanssimaan ajan tyyliin *Dallapeen* ja *Matti Jurvan* tahdissa.

Tuore hääpari sai Mäkiän talosta oman huoneen, joten talon miesvahvuus kasvoi avioliiton myötä yhdellä. Uuno oli tosin aika usein työmatkoilla mutta Aili soitteli joskus tytöille ja Toivolle gramofonilla ajan iskusäveliä.

Perheen tytöistä nuorimmat, Anna ja Eeva, eivät ehtineet vielä 30-luvulla päästä avioliittoikään. Annan osalta tuo vuosikymmen kului koulussa, talon töissä ja kylän pienimuotoisissa riennoissa. Pakollinen osa oppivelvollisuutta oli tuolloin 4-vuotinen, mutta Anna kävi sen jälkeen vielä tarjolla olleen 2-vuotisen jatkokoulun. Aili Viherkari oli koulun ainoa päätoiminen opettaja.

Anna kertoi usein myönteiseen sävyyn muisteluksia Meriän koulun tapahtumista, omista koulukavereistaan ja myös opettajastaan. 1930-luvun koulu oli tietysti erilainen kuin nykykoulu. Varsin paljon annettiin ulkoläksyjä, joiden opettelu tuotti toisinaan tuskaisia hetkiä. Jos päntättävät tekstit eivät tahtoneet tarttua muistiin, laittoivat vanhemmat joskus risupiiskan näkyviin tehostamaan oppimista. Mahtaiko tästä "virikepiiskasta" johtua se, että Anna oppi varsin nopeasti ulkoa kymmenen käskyä selityksineen sekä vanhan testamentin kirjat ja profeetat.

Paljon luettiin kansakoulussa myös *Maamme-kirjaa*, jossa kerrotaan Suomen maantieteestä, merkkihenkilöistä ja historiasta. Vielä yli 90-vuotiaana Anna muisti sujuvasti ulkoa Suomen joet ja vesistöt. Myös monet koulussa opitut runot ja laulut jäivät pysyvästi Annan mieleen:

"Jo päivä laski suvinen, tull ilta ihanainen
majoille maille valahti, jo rusko sammuvainen.
Väsynyt päivän vaivoistaan, miesjoukko vaeltaa.
Työn tehtyänsä iloiten, kotihin vaeltaa.....

...Tee hauta mulle äitini, jo päättyi päivät multa
paennut taistelua on, tuo kurja sulhokulta.
Suruni oisi suloista, ei haikeaa kuin nyt
hänt´ oisin sata vuottakin, mä surren mielinyt!"

(ote runosta *torpan tyttö* Vänrikki Stoolin tarinoista)

Koululaiset viihtyivät hyvin Aili Viherkarin oppitunneilla, vaikka ulkoliikuntatunnit olivat monelle niitä kaikkein mieluisimpia kouluhetkiä. Keväällä ja syksyllä tehtiin ulkona juoksuharjoituksia, pallonheittoa ja pelattiin "neljää maalia". Talvella järjestettiin aina koulun hiihtokilpailut. Eräänä vuonna mitalikolmikko tyttöjen hiihtokilpailussa oli seuraava:

1) *Hilkka Sinkkonen*

2) *Anna Mäkiä*

3) *Kyllikki Berg*

Anna selitti toiseksi jäämistään sillä, että kesken hiihdon *"kantaraksa irtoili"*. Palkinto hopeatilasta oli lahjapaketissa saatu hopeoitu lusikka, joka valitettavasti unohtui evakkoon lähtiessä piirongin laatikkoon.

Kuva 15: Meriän tytöt ompelivat Martta-kerhon kurssilla
itselleen mukavat asut. Ylärivissä vas. lukien:
Anna Mari Pitkänen, Aune Kilpiö, Kyllikki Berg,
Hilkka Sinkkonen ja Hilja Pitkänen. Alarivi:
Anna Mäkiö, Hilkka Horttana, Maire Horttana,
Anni Pitkänen, Elvi Pääkkönen, Kerttu Pitkänen,
Hilkka Pitkänen ja Elsa Pääkkönen. - Meriän marttakerhon
perustivat yhdessä Juho Bergin puoliso Edit ja heidän
tyttärensä Kyllikki.

Kavereiden kanssa puuhailtiin vapaahetkinä paljon muutakin kuin urheilua ja tansseissa käyntiä. Ennen heinäkiireitä käytiin usein huvimatkoilla. Vuonna 1938 Meriän nuorison matkoja oli peräti kaksi. Toinen suuntautui kuormavaunun lavalla Savonlinnaan (kts. kuva 7). Anna valitsi matkakengiksi korkokengät, jotka olivat tietysti kauniit mutta samalla epämukavat Savonlinnan mukulakivillä. Lopulta kengät eivät mahtuneet enää turvonneisiin jalkoihin, ja paluumatka piti tehdä paljain varpain korkokengät kädessä. - Toinen kesän matkoista suuntautui laivalla Laatokalle ja Valamon luostariin, joka oli suosittu turistikohde jo 1930-luvulla.

1930-luvun jälkipuoliskolla Suomen taloudessa elettiin pitkää noususuhdannetta. Maatalous kukoisti ja ihmisillä oli mahdollisuudet käyttää rahaa myös ostoksiin. 1938 Mäkiän taloon hankittiin akkukäyttöinen radio, jolla kuunneltiin *lauantain toivottuja*, sunnuntain jumalanpalvelusta ja tietenkin uutisia Suomen ja maailman tapahtumista. Nuo uutiset alkoivat vähitellen käydä yhä huolestuttavammiksi, vaikka Suomen joutumista sotaan ei pidettykään kovin luultavana.

Kesä 1939 oli harvinaisen kaunis ja lämmin. Monet meriäläiset viettivät juhannusta Ukonlammella soudellen ja rannalla palavaa juhannuskokkoa katsellen. Matti oli antanut vanhan Ukonlammen veneensä kokon palavaksi raaka-aineeksi. Lopuksi järjestettiin vielä gramofonitanssit kylän nuorisolle. Ne olivatkin Meriän kylähistorian viimeiset juhannustanssit.

6. EVAKKOMATKAN VAIHEITA

Vain harva osasi kesällä 1939 aavistaa Suomen joutuvan jo loppuvuonna Neuvostoliiton hyökkäyksen kohteeksi. Saksan hyökkäys Puolaan syyskuun alussa käynnisti kuitenkin yleiseurooppalaisen sodan, minkä vaikutusta Suomen turvallisuuteen ei vielä osattu tarkemmin ennustaa. Kun Moskovan neuvottelut lokakuussa eivät näyttäneet tuovan ratkaisua Neuvostoliiton esittämiin rajavaatimuksiin, alettiin jo pelätä pahinta. Reserviläiset saivat YH-kutsun ja lähtivat kaikkialta Suomesta rajaseudulle vahvistamaan puolustuslinjoja.

YH-kauden alkaessa talot alkoivat tyhjentyä myös Meriällä nuorista miehistä. Monet heistä tuntuivat aavistavan, että jäähyväiset kotitalolle ja -kylälle saattoivat olla lopulliset: *"Se voi olla, että nahkurin orsilla tavataan"*... YH-kausi vaihtui marraskuun lopussa täysimittaiseksi puolustussodaksi, johon osallistuivat myös Jaakkiman lotat.

Ailin tuore aviomies Uuno oli talvisodan alkaessa niin nuori, että varusmiespalvelus oli vielä suorittamatta. Uuno kutsuttiin kuitenkin vielä sodan kestäessä sotilaskoulutukseen, mutta rintamalle hän sai kutsun vasta 1941 jatkosodan alkaessa.

Joulu 1939 oli kotirintamalla huolien sävyttämää aikaa, vaikka taistelulinjat jäivätkin kauas Kannakselle ja Laatokan itäisille rajaseuduille. Jaakkiman seutu säästyi taisteluilta mutta rautatieyhteyksiä pommitettiin usein. Varsin syrjäisellä Meriän kylällä voitiin viettää jokseenkin tasaisia ja turvallisia talvipäiviä pimennysverhojen takana. Joulupöydän antimet jäivät kuitenkin tällä kertaa vaatimattomiksi, kun kahvin ja muiden tuontituotteiden saanti oli hyvin rajoitettua. Sotatalven vaatimattomampi jouluateria kuitenkin nautittiin, ja illalla joulusaunan jälkeen sytytettiin kuusen kynttilät valaisemaan pimeää talviaikaa.

Talvisodan rauhasta ja rauhanehdoista sovittiin Moskovassa 12.3.1940. Kun ulkoministeri *Tanner* julkisti rauhanehdot seuraavan aamun radiopuheessa, vedettiin liput kaikkialla Suomessa puolitankoon. Karjalan Kannas sekä Laatokon rantapitäjät ja -kaupungit piti rauhanehtojen mukaan luovuttaa Neuvostoliitolle. Aikaa menetettyjen alueiden tyhjentämiseen ja väestön siirtoon oli käytännössä vain muutama vuorokausi.

Meriän kylän tyhjentäminen alkoi maaliskuun kirpeässä pakkassäässä heti rauhantuloa seuraavana päivänä. Viranomaisten järjestämää kuljetuskalustoa ei ollut juurikaan käytettävissä, joten mukaan evakkomatkalle voitiin ottaa vain arvokkaimmalta tuntuva omaisuus. Mäkiän talossa valjastettiin Humu-hevonen ensin reen eteen ja ryhdyttiin sitten kantamaan tavaroita pihalle. Läheskään kaikki tavarat eivät mahtuneet rekeen, vaan osan saattoi jättää nimitiedoilla merkittynä maantien varteen. Toivottiin, että armeijan kuorma-auto voisi ehkä ottaa tuon maantietavaran kyytiin ja toimittaa sen uuden rajan yli.

Haikein mielin pakattiin reki ja polkupyörien tarakat täyteen arvokkailta tuntuvista tavaroista. Suorastaan sydäntäsärkevää oli navetan tyhjentäminen lehmistä. Ne piti ajaa kylmässä talvisäässä kauas uuden rajan taakse Kesälahdelle. Kenties ensimmäistä kertaa tytöt näkivät kyyneleet Matin silmäkulmassa, kun lehmiä ryhdyttiin vetämään puoliväkisin maantien varteen. Aleksandra näytti suhtautuvan asioihin Mattia rauhallisemmin ja ahkeroi koko ajan lähtövalmisteluissa. Suru tuli esiin vasta myöhemmin, kun perhe asettui evakkomatkan jälkeen aivan uuteen paikkaan Aavasaksalla. Läheisilleen Aleksandra sanoi useasti, että pitää vaan alistua Jumalan tahtoon ja ohjaukseen.

Annan tehtäväksi annettiin tehtävistä kenties kaikkein rankin: lehmien ajo Kesälahden kirkonkylälle. Lehmät täytyi tuon matkan aikana pitää koko ajan liikkeessä. Ne olisivat muuten jääneet paikalleen ja menehtyneet lumihankeen. Kun Kesälahden kirkonkylä vihdoin tuli näkyviin, olivat lehmät melkein loppuun uupuneita ja pakkasen vahingoittamia. Kokoamispaikan aitaus täyttyi nopeasti evakkokarjasta, joka jouduttiin pakkasvaelluksen jälkeen lopettamaan.

Kesälahdella Anna tapasi **Pääkkösen Saimin**, joka oli myös aloittanut evakkomatkansa lehmänajolla. Tytöistä tuli hyvät ystävät ja he päättivät pysyä yhdessä koko ajan ” *vaikka mitä tulis ettee* ”.

Saimin ja Annan evakkomatka jatkui Kesälahdelta Savonlinnaan, jossa yöpyminen ja ruokailu oli järjestetty *Schaumannin* vaneritehtaalle. Tehtaan saleissa yöpyi samalla kertaa kymmeniä, ellei satoja evakoita. Paksummista vanerilevyistä koottiin yöpyjille lattiapatjat ja viltteinä oli mahdollista käyttää hieman kevyempiä vanerilevyjä. Onneksi voitiin sentään vaatereppu asettaa pään alle tyynyksi.

Joskus päästiin toki evakkomatkallakin yöpymään lämpimään tupaan pehmeille olkipatjoille. Näin kävi Pertunmaalla, jossa Anna ja Saimi saivat majoituksen maataloon pariksi yöksi. Tytöt päättivät tehdä talonväelle kiitokseksi karjalanpiirakat, jotka maistuivat kaikille aamupöytään istahtaneille.

Pertunmaalta matka jatkui evakkojunalla Kuopion kautta Lapin suuntaan Aavasaksalle, jonne Mäkiän talonväki oli ehtinyt jo ennen Annaa. Junamatka Etelä-Savosta Aavasaksalle kesti kolme päivää. Se tuntui tietysti pitkältä ajalta istua tavaravaunussa (*"härkävaunussa"*), jossa ei ollut mitään matkustusmukavuuksia. Nukkumisesta ei tullut mitään, koska vaunun seinustaa kiersi vain kapea istumapenkki. Jos nukahdit, saatoit herätä nopeasti siihen, että putosit penkiltä lattialle. WC-tiloja vaunuissa ei ollut (vanhuksien ja lasten makkipyttyä lukuun ottamatta), vaan tarpeilla piti piipahtaa ulkona junan seisoessa pitkiäkin aikoja väliasemilla.

Kun junamatka lopulta päättyi Aavasaksan asemalle, oli edessä oman perheen etsiminen. Onneksi asemalle oli järjestetty evakkovastaanotto, joka neuvoi tulijoita majoituksessa ja sukulaisten löytämisessä. Ohjeet saatuaan Anna lähti heti patikoimaan kohti Mäkiän perheen majapaikkaa. Tunnin kävelymatkan jälkeen hän huomasi olevansa viimein perillä nähdessään Aleksandran navetan luona vesiämpärit käsissään. Jälleennäkeminen oli tietenkin herkkä hetki. Aleksandra pyyhki ensin silmäkulmiaan esiliinaan ja juoksi sitten ilmoittamaan asiasta Matille: *"Meneppäs ulos katsomaa, kuka meil on tullu..."*

Mäkiän perheen evakko Lapissa kesti vajaat kaksi vuotta. Anna sai työpaikan palvelijana pastori **Aaro Tolsan** perheessä Rovaniemellä. Tolsa oli tunnettu settlementtiliikkeen pappi, joka tunnettiin tavallisten tukkijätkien ja työmiesten ystävänä. Tolsan kotona *Rovalassa* kävi usein tuon ajan tunnettuja suomalaisia. Yksi heistä oli settlementtiliikkeen varsinainen johtaja **Siegfried Sirenius**. Hän piipahti aina tervehtimässä myös perheen lapsia ja palvelusväkeä. Anna muisti hyvin, kun Sirenius kävi katsomassa häntä "kyökin puolella". Sirenius hymyili Annalle lempeästi ja lausahti kohteliaat sanat: *"Täällähän onkin tämä kodin hengetär"*.

Kaikki pastori Tolsan vieraat eivät jättäneet Annaan yhtä aurinkoisia muistoa kuin Sirenius. Rovalassa vieraili ainakin kerran Lapin armeijaryhmän komentaja kenraalimajuri **K.M Wallenius**, joka muistetaan yleisesti yhtenä Lapuanliikkeen aktiivina. Anna kertoi, että pastori Tolsan ja Walleniuksen välille muodostui hyvinkin kireä väittely politiikasta. Riita päättyi, kun Wallenius pamautti ovet takanaan kiinni ja poistui kiireellä Rovalasta.

Kun Anna sai vapaapäivän, lähti hän toisinaan *Koli*-pyörällään tapaamaan perhettään Aavasaksalle. Matkaa Rovalasta Tornionjoen varteen Aavasaksalle oli reilut 80 km, mutta valoisina kesäöinä tuo napapiirimatka taittui 4-5 tunnissa. Juhannusta kokoonnuttiin perheen kanssa viettämään ylös Aavasaksalle, jossa päästiin ihastelemaan keskiyön auringon valaisemia tunturimaisemia.

Aavasaksalta on melko lyhyt matka Tornion kautta Haaparantaan (Haparanda) Ruotsin puolelle. Anna ja Martta piipahtivat kerran Haaparannan kaupoissa ostamassa vaatteita, kenkiä ja suklaata. Tarkoitus oli viedä suklaalevyjä perheelle tuliaisiksi. Tullisääntöjen vuoksi Anna joutui kätkemään saappaaseensa muutaman luvattoman suklaalevyn. Tullimiehet eivät asiaa huomanneet, mutta suklaat ehtivät rajanylityksen aikana sulaa Annan saappaaseen. No, kaikki ei aina mene niinkuin Strömsössä.....

Annan Martta-sisar sai kesällä 1940 tarjoilijan paikan Rovaniemen kuuluisimmasta hotellista, *Pohjanhovista*. Varsin pian Pohjanhovin ravintolassa alkoi näkyä myös saksalaisia upseereita ja aliupseereita. Kävi niin, että Martan ja Wehrmachtin itävaltalaisvääpelin *Bernhard Laschen*in välille muodostui romanttinen suhde syksyn ja seuraavan talven aikana. Suhde johti varsin pian vauva-uutisiin, kun Martalle ja Bernhardille syntyi poika *Paul Erik*. Aleksandra-äiti ei oikein katsonut hyvällä tätä suhdetta, kun paria ei vielä ollut vihitty. Martan kertoman mukaan naimisiin oli kyllä tarkoitus mennä, mutta Bernhard kaatui jatkosodan pohjoisella rintamalla. Martta sai kuulla tämän suruviestin Pohjanhoviin tulleelta saksalaisupseerilta.

Annan osalta evakkovaihe Lapissa päättyi vähän muuta perhettä aikaisemmin. Rovalan isäntä Aaro Tolsa muutti perheineen Helsinkiin jatkosodan alkamisen jälkeen. Anna päätti seurata isäntäperhettä ja hyppäsi vanerisen matkalaukkunsa kanssa pääkaupunkiin vievään junaan. Tolsat olivat varanneet Helsingistä tilavan kerrostaloasunnon keskeiseltä paikalta osoitteesta *Turuntie 106*. Turuntien nimi muutettiin vähän myöhemmin Mannerheimintieksi.

Evakkoelämä Helsingin keskustassa oli tyystin erilaista kuin Rovalassa. Ruokakaupat löytyivät aivan vierestä ja Stockmannillekin pääsi kätevästi ja nopeasti raitiovaunulla. Ostoksia tosin rajoitti tiukka sotasäännöstely. Tolsan perheellä oli Rovalassa omat puutarhaviljelmät, joiden tuotto lisäsi suuresti ruokapöydän antimia. Helsingissä elintarvikkeiden saanti perustui taas hyvinkin niukkoihin korttiannoksiin.

7. TAKAISIN KARJALAAN

Jatkosodan hyökkäysvaihe kohti itää alkoi Suomen osalta heinäkuun alussa 1941. Talvisodassa menetetyt alueet Laatokan suunnalla ja Karjalan kannaksella valloitettiin ankarien taisteluiden jälkeen kahdessa kuukaudessa takaisin Suomen yhteyteen. Joukkojemme menestys herätti monen evakon mielessä toiveen siitä, että paluu takaisin kotiseudulle saattaisi olla sittenkin mahdollista. Ensimmäiset paluumuuttajat saapuivat Lahdenpohjan ja Jaakkiman tienoille jo elokuussa 1941. Laajempi muuttoliike takaisin Karjalaan käynnistyi kuitenkin vasta kevättalvella 1942, kun hyökkäyssota oli muuttunut asemasotavaiheeksi.

Paluumuuttoa varten tarvittiin tietysti viranomaislupa, jonka saaminen muuttui loppuvuonna 1941 jo joustavammaksi. Ensimmäinen jatkosodan talvi oli Suomen elintarvikehuollon kannalta hyvinkin vaikeaa aikaa. Helpottamalla paluulupien myöntämistä haluttiin saada karjalaiset maanviljelijät takaisin kotitiloilleen tuottamaan kansalle lisää kaivattuja elintarvikkeita.

Meriän kylä sai alkuvuodesta 1942 takaisin monia alkuperäisiä asukkaitaan. Mäkiän perheen osalta muutto kotikylään toteutui kevättalvella. Kotitalo oli paikallaan, mutta ulkorakennuksista olivat venäläiset ottaneet hirsiä ja rakentaneet niistä pihapiirin tuntumaan puolustusasemia. Aili ja Eeva arkailivat kulkemista omassa pihassa öiseen aikaan ja pelkäsivät erityisesti kellariin menoa. Aleksandran ja Matin tehtäväksi jäi näin kellarin lisäksi myös navetan ja pihapiirin turvallisuuden varmentaminen.

Onneksi talo ympäristöineen osoittautui kaikin puolin vaarattomaksi, vaikka venäläisten kaivamista asemista löytyikin jonkin verran ammuksia ja hylsyjä. Vähän ikävämpi yllätys löytyi maantien varresta, johon venäläiset olivat haudanneet omia kaatuneitaan. Näytti siltä, että hautaus oli tehty melkoisella kiireellä. Muutamilta haudatuilta olivat kädet tai jalat jääneet maanpinnalle näkyviin.

Kuva 16: Meriän kylämaisemaa maantien lähistöltä (1943)

Sodasta huolimatta elämä Meriän kylällä palautui hiljalleen tuttuihin, joskin entistä vaatimattomampiin uomiinsa. Maat otettiin takaisin viljelykseen ja taloihin saatiin vähitellen myös kotieläimiä. *Berg*in *Jussi* kunnosti kylän myllyn taas yhteiseen käyttöön. Kansakoulukin avasi ovensa syksyllä 1942, kun uusi opettaja onnistuttiin saamaan kylälle.

Keväällä 1942 Aleksandra lähetti Annalle Helsinkiin kirjeen ja kertoi perheen muutosta Meriään. Kirjeessään Aleksandra toivotti Annan tervetulleeksi takaisin vanhaan kotiin, jossa elämä tuntui nyt turvalliselta. Perheen tyttäret Aili ja Eeva olivat muuttaneet vanhempien mukana

Meriään, mutta Anna asui vielä keväällä Helsingissä ja Martta Rovaniemellä. Annan osalta muutto toteutuikin pian, kun Huuhanmäen kasarmille perustettu sotasairaala tarjosi hänelle työpaikan.

Paluu takaisin kotiin Karjalaan avasi tavallaan tutun, mutta osin myös uuden vaiheen Annan elämässä. Kylänraitilla saattoi nähdä paljon vanhoja naapureita ja koulukavereita. Yksi heistä oli *Pääkkösen Elsa*, joka kertoi sisarensa Saimin menehtyneen alkuvuonna 1942 keuhkotautiin. Saimi ja Anna tekivät yhdessä evakkomatkaa pohjoiseen, joten suru Saimin kuolemasta oli Elsan kanssa yhteinen. Elsasta tulikin Meriän paluuvuosiksi Annan paras ystävä.

Annan arkeen kotipitäjässään kuului kesästä 1942 lähtien hoitoapulaisen toimi *Huuhanmäen* sotilassairaalassa. Huuhanmäki tunnettiin jo 1930-luvulla Viipurin Rykmentin uudesta ja modernista varuskunnasta, jonka sijainti oli mukavasti kauniin Paikjärven kupeessa. Jotkut ehkä muistavat, että Huuhanmäen kasarmeilla kuvattiin 1938 SF-filmikomediaa *Rykmentin murheenkryyni*. Kun Lahdenpohjan ja Jaakkiman alue vallattiin takaisin jatkosodan alussa, ryhdyttiin kasarmitiloja muuttamaan sotasairaalaksi. Kesällä -42 sairaalassa palveli Annan ohella useita kymmeniä (ellei satoja) hoitohenkilökuntaan ja hallintoon kuuluvia ihmisiä.

Kuva 17: Marsalkka Mannerheim vieraili Huuhanmäen sotasairaalassa keväällä 1943.

Sotasairaalan henkilökunnalle tarjottiin ateriat ja huoneet kasarmin tiloista. Anna vietti näin suurimman osan ajastaan Huuhanmäellä. Vapaapäivinä hän lähti kuitenkin Meriään oman perheensä luokse tuliaisten kanssa. Sairaalan henkilökunnalle jaettiin päivittäin kolme annostupakkaa, minkä lisäksi kanttiinista sai ostaa vielä toiset kolme tupakkaa joka vuorokausi. Anna kokeili alkuun sauhuttelua, mutta huomasi sen hyvin epämiellyttäväksi kokemukseksi. Päivittäiset annos- ja ostotupakat hän keräsi kuitenkin itselleen ja antoi ne tuliaisiksi isälleen. Matti kylläkin viljeli takapihallaan kessua, mutta kunnon tuliaistupakat ilahduttivat häntä suuresti.

Sotasairaalan tiloissa järjestettiin henkilökunnalle varsin usein iltamia ja muita yhteisiä tapahtumia. Joulun alla pidettiin pikkujoulutapahtuma, jossa jokaista muistettiin lahjapaketilla ja pienellä runonpätkällä:

> "... *Mäkiön Anna se hiljainen tyttö, töissä on joka kerta*
> *Pellikan Aili polilla pyyhkii hikeä ja verta.*"

Perinteisiä tanssiaisia ei sentään voitu yleisen tanssikiellon vuoksi järjestää sotasairaalan tiloissa eikä muuallakaan. Musiikkia sai kyllä vapaasti soittaa ja kuunnella ja se lienee väistämättä johtanut monenlaisiin salatanssiaistapahtumiin. Anna jäi kahdesti kiinni tanssikiellon rikkomisesta ja sai poliisilta molemmilla kerroilla sakot. Vanhemmat eivät mitenkään moittineet Annaa asian johdosta, vaan maksoivat omasta pussistaan tyttärensä laittomasta harrastuksesta tulleet sakkorangaistukset. Kenties Matti halusi tällä tavalla kiittää Annaa Huuhanmäen tuliaistupakoista...

Sodanaikaista tanssikieltoa perusteltiin lähinnä moraalisilla syillä, vaikka ainakin rajaseudulla olisi voitu vedota myös turvallisuustekijöihin. Tiedettiin hyvin, että myös Jaakkiman seudulle laskeutui varjon varassa useitakin desantteja, jotka olisivat saattaneet muodostaa vaaran julkisille tilaisuuksille.

Eräänä loppukesän päivänä Matti ja Anna ajelivat kylätiellä heinäkuorman päällä ja säikähtivät pahanpäiväisesti, kun matalalla päätien yläpuolella lensi kaksi lentokonetta. Anna ei ehtinyt edes hypätä heinäkuorman päältä turvaan, kun lentokoneet jo vilahtivat heidän ylitseen. Onneksi koneet eivät olleet venäläisiä. Anna ja Matti näkivät niissä tutut Suomen ilmavoimien kansallisuustunnukset. Voi hyvinkin olla, että tiedustelukoneet etsivät maastosta desantteja....

Tanssikiellosta ja säännöstelystä huolimatta kylällä tapahtui paljon myös mukavia asioita. Syksyllä 1942 syntyi Ailille ja Uunolle jo toinen lapsi, joka sai kasteessa nimen Seija. Uuno oli synnyttämisen aikaan rintamalla, joten Anna sai lähteä kriittisellä hetkellä syyspimeään iltaan hakemaan polkupyörällä kätilöä Lahdenpohjasta. Onneksi kätilö oli kotosalla ja paluukyyti Meriään onnistui nopeasti armeijan kuorma-auton lavalla. Synnytys sujui hyvin ja terve tyttövauva antoi koko perheyhteisölle paljon iloa.

Jatkosodan vuosina Matti ja Aleksandra pohtivat varsin usein sitä, mitä tulevat vuodet mahtavat tuoda tullessaan ja kuka voisi ottaa heidän jälkeensä Mäkiän talon isännyyden itselleen. Sodan vielä jatkuessa oli tietenkin vaikeaa tehdä tällaisia päätöksiä, mutta Matti tuntui aprikoivan tilan seuraaviksi hallitsijoiksi Ailia ja Uunoa. Vehkasuota hän taas ajatteli lähinnä Martalle, joka saattaisi piankin astua aviosäätyyn. Kun jatkosota tuntui aina vaan jatkuvan, alkoivat nämä pohdinnat vähitellen painua taka-alalle: " *Kassotaa niitä perintöasioita sitte, ko sota loppuu ja rauha tullee...* "

Sodan loppumista saatiin odottaa alkusyksyyn 1944. Välirauhansopimus oli tavallaan voitto Suomelle, kun Neuvostoliiton massiivinen hyökkäys onnistuttiin raskaiden taistelujen jälkeen pysäyttämään. Karjalan kannas ja Laatokan rannat menetettiin kuitenkin taas Neuvostoliitolle. Kotiseuduilleen suurin toivein ja optimistisin mielin palanneet karjalaiset joutuivat näin jättämään tutut seudut, tällä kertaa lopullisesti. Onneksi toinen evakkomatka ajoittui alkusyksyyn, mikä teki helpommaksi kotieläinten siirrot ja toisaalta peltojen ruokasadon kuljetuksen turvaan uuden rajan taakse.

Toinen evakkomatka vei Mäkiän perheen Kauhajoen Nummikosken kylälle. Matti ja Aleksandra saivat naapureiksi *Kilpiöt*, joiden tila Meriän kylässäkin oli aivan vieressä. Myös Uunon ja Ailin perhe sai Nummikoskelta itselleen oman evakkotilan, joka oli vain lyhyen kävelymatkan päässä Mäkiän talosta.

Annan toinen evakkotie vei hänet ensin Varkauteen, jonne Huuhanmäen sairaala siirrettiin välirauhan jälkeen. Keväällä 1945 oli aika jättää sairaalatyöt ja muuttaa Laihian pitäjään maatalon talousapulaiseksi, siis piiaksi. Maatalon työt olivat Annalle hyvinkin tuttuja, mutta pohjalainen tasamaaympäristö ja ihmisten käyttämä murre olivat uusia kokemuksia.

Kerran maatalon emäntä oli pyytänyt Annaa hakemaan navetasta *knapon*. Tuo sana *knappo* oli Annalle ihan outo, mutta hän ujosteli kysyä emännältä sanan merkitystä ja lähti hiljaisena tyttönä etsimään navetasta tätä merkillistä esinettä. Vähän ajan kuluttua Anna palasi takaisin ja ilmoitti, ettei knappoa navetasta löytynyt. No, emäntä suunnisti sitten itse navettaan ja palasi sieltä pian knappo kädessään. Anna katseli hieman hämmentyneenä vuoroin emäntää, vuoroin knappoa ja totesi lopulta: "Ai sie tarkotitkii *kousikkaa…*"

Annan maatalousura Laihialla jäi hyvin lyhytaikaiseksi, kun *Nikkisen Lempi* pyysi kirjeessään Annaa muuttamaan Lauritsalaan. Ratkaisu oli oikeastaan helppo, kun Lempin ja Jaakon omakotitalossa oli huonekin vapaana. Tammikuussa 1946 juna toi Annan Lauritsalan asemalle. Maataloustyöt vaihtuivat *Kaukaan rullatehtaan* sorvarin hommiin. Toukokuussa 1947 juhlittiin jo Annan ja Eeron häitä Lauritsalan työväentalolla. Näin Lauritsalasta tuli Annan ja hänen perheensä pysyvä kotipaikka.

Tiet menetettyyn Karjalaan pysyivät suljettuina vuosikymmeniä. Annan puheissa ja tarinoissa Meriän kylä taloineen, peltoineen ja ihmisineen tuntui kuitenkin elävän melkein joka päivä. Kun kotiseutumatkat luovutettuun Karjalaan kävivät lopulta mahdollisiksi 1990-luvun alussa, ei Annaa tuntunut pidättelevän enää mikään. Ensimmäisellä (sodanjälkeisellä) Jaakkiman matkallaan 1991 Annan mukana oli monia tuttuja meriäläisiä, kuten Bergin Kyllikki (Kyllikki Salminen) ja Pääkkösen Elsa (Elsa Kosonen). Kyllikki ja Elsa olivat Annan läheisiä ystäviä. Yhdessä he olivat käyneet Karjala-juhlilla melkein joka kesä 1980-luvulta lähtien.

Toiselle kotiseutumatkalle 1994 Anna sai jo mukaan meidät lähisukulaiset. Ajelimme kahdella pikkubussilla ensin Lappeenrannasta Viipuriin ja ja sen jälkeen mutkaisia pikkuteitä Ilmeen kirkon kautta Jaakkimaan ja Lahdenpohjaan. Poikkesimme tuloiltana katsomassa Jaakkiman kirkon raunioita ja majoituimme yöksi puiseen parakkihotelliin Lahdenpohjassa. Seuraavana aamuna lähdimme sitten Lahdenpohjasta Luotovaaran ja Jaakkiman aseman kautta kohti Meriää. Ensimmäistä kertaa näimme niitä kumpuilevia kylämaisemia taloineen, jotka olivat meille tuttuja vain Annan kertomuksista. Mäkiän vanhasta talosta oli jäljellä vain kivijalka, jonne jätimme ystävällisen pullopostitervehdyksen.

Kuva 18: Matkaoppaamme Anna Niäsjärven rannalla kesällä
1994. Tässä kohdassa maantien ja rannan välissä oli ennen Bergin mylly.

Pari vuotta myöhemmin lähdimme taas katsomaan Jaakkiman ja Laatokan maisemia. Annan ja Kyllikin lisäksi saimme nyt mukaan kaksi muutakin syntyperäistä meriäläistä, nimittäin *Pitkäsen Antin* sekä Karosten tyttären Seijan. Ajelimme rajan yli Niiralan kautta ja pysähdyimme vähän pitemmäksi aikaa Sortavalassa ja Nivan kylällä. Melkoisen tyhjään Meriän kylään oli ilmestynyt muutama uusi talo tai huvila. Kävimme tervehtimässä venäläis-ukrainalaista pariskuntaa, joka oli rakentanut asuintalon kasvimaineen Ukonlammen rannalle.

Kuva 19: Annan kotitalosta oli jäljellä vain kivijalka. Vas. Karin tytär Kati, Anna, Annan tytär Tuija,

Kari ja Karin vaimo Pirjo. Takana Pentti.

Viimeisen kerran kävimme Annan ja Kyllikin kanssa Jaakkimassa vuonna 2002. Yöpymispaikkamme oli nyt Lahdenpohjan asemaan tehty pikkuhotelli. Meriän kierroksen jälkeen kävimme päiväturisteina vanhassa Valamon luostarissa. Kantosiipialus vei meidät Sortavalan satamasta pikavauhtia Laatokan selkien yli kauniille luostarisaarelle, jossa tehtiin tuolloin restaurointitöitä.

Vaikka vuoden 2002 reissu jäikin Annan viimeiseksi käynniksi Jaakkimassa, eivät hänen kertomuksensa kotiseudustaan suinkaan tähän loppuneet:

" Vaikka mie oon Karjalast lähteny, ni Karjala ei lähe miusta millonkaa"

8. SUTKAUKSIA JA SATTUMUKSIA

Hieroja-Emmalla oli Pia-lammas, joka seurasi aina Emmaa lähituntumassa. Kerran Emma viipyi pitkään Mäkiällä ja Pia joutui odottamaan pihalla. Kun Emma tuli taas ulos, Piaa ei ensin näkynyt missään mutta syöksyi sitten vauhdilla Emman luo. Kun lähdettiin yhdessä takaisin omalle talolle, Emma ihmetteli: *"Missä **sinä** Pia oikein viivyit?"*

———

Mäkiöillä valmisteltiin joulua. Anna ja Martta käärivät kamarissa joululahjoja paketteihin. Toivo tuli katsomaan, mitä tytöt oikein tekivät. Anna ajatteli laskea vähän leikkiä ja kysyi Toivolta: *"Toivo, Toivo. Mitä ostat lahjaksi äidille?"* Toivo meni kysymyksestä hieman hämilleen ja lähti heti kysymään asiaa tuvassa askaroivalta äidiltä itseltään. Aleksandran vastaus oli jokseenkin odotettu: *"En mie siult mittää vaadi"*. Toivo kävi siltä seisomalta ilmoittamassa asian myös tytöille: *"Mitä miun tarvii hänell ostaa ko hää on kerra päättänt, ettei hää miult mittää vaadi!"*

———

Mäkiän ja naapureiden tyttöjä oli kerääntynyt eräänä aurinkoisena kevätsunnuntaina mäkeä laskemaan alakaivon notkoon. Jossain vaiheessa läheltä hiihteli ohi kylän poikien ryhmä. Anna sai idean huutaa pojille: *"Hei pojat, tääl on tytöt!"* Navettaan kävelevä Aleksandra kuuli Annan reippaan huudahduksen ja käveli samalla tyttöjen luo nuhtelemaan Annaa asiasta: *" Elä sie tuollasii pojill huutele. Tiijät sie, ett tytön virka on niinku papin virka"*

———

Matti ja Aleksandra kävivät yleensä asioillaan hevospelillä. Omaa autoa ei ollut ja kumpikaan ei ollut harjoitellut polkupyörän hallintaa. Muutaman kerran tehtiin kuitenkin asiointi- tai käyläretki taksilla. Taksikyyti tuntui olevan mukava ja vähän ylellinenkin kokemus varsinkin Matille. *Innasen Empsun* taksi vei heidät kerran aika kauas Uukuniemen kirkolle asti. Kun oltiin perillä, nousi taksista tyytyväisen oloinen isäntämies, joka kiitteli Empsua moneen kertaan kyydistä: *"*

Kilometripylväät ne vaan vilahteli silmissä!

———

Vuonna 1936 Aleksandran vanha äiti siirtyi ajasta ikuisuuteen. Kun Selma-täti kävi ilmoittamassa asiasta, Aleksandra otti tiedon vastaan katsomalla mietteissään ulos tuvan ikkunasta ja lausui hetken päästä: *"Ei oo issää iäks eikä emmoo elinajaks!"*

Vielä 30-luvulla tuttujakaan ihmisiä ei ollut tapana sinutella. Jopa omia vanhempia teititeltiin kotioloissakin. Annan luokkakaveri *Teräväisen Aarne* piti näin luonnollisena, että myös koulun opettajaan, Viherkarin Ailiin, sovelletaan kohteliasta teitittelysääntöä: *"Annatteks työ anteeks ko mie oon vähä myöhäs?"* Opettaja Viherkari valisti Aarnea toteamalla, että kyllä hän anteeksi antaa muttei häntä pidä teititellä: *"Riittää kun kutsut minua opettajaksi"*.

———

Kysyin kerran Annalta, eikö ison lehmälauman vieminen laidunmaalle ollutkin vaikea homma. Anna vastasi, että *" älä virka mittää...meiän lehmät osas itte männä Kölsii ja Bergin lehmät Räikköö mut Vehkasuolle pit aina jonkun lähtee lehmien kanssa, vaikk hyö ois osant sinnekii männä johtajalehmän perässä..."*

———

Jaakkiman Sanomat saapui viikottain myös moniin meriälaisiin koteihin. Lehti luettiin tarkasti läpi, koska siinä oli pitäjäkohtaisia uutisia ja tiedotuksia. Mainoksetkin katsottiin läpi.
1930-luvun mainokset olivat todellakin erilaisia kuin nykyään ja ne jäivät kenties siksi lukijoiden muistiin. Toiset mainokset saattoivat olla humoristisia, toiset taas lyhyitä ja asiallisia. Tässä pari esimerkkiä:

"Tässä sitä vaan mennä keikutellaan", sanoi mies kun oli antanut autolleen Shell-moottoriöljyä ja Shell-bensiiniä ja jätti naapurinsa tienpuoleen!

Ostamme muurahaisen munia ja maksamme niistä päivän korkeimman hinnan.
Kunnioittavasti Sokka&Kopra, Sortavala

Klubi 7 - piristää ja säästää kurkkua!

Yhdeksän kymmenestä filmitähdestä käyttää Lux-kauneussaippuaa!

Tämä mainososuus on hyvä päättää Meriän myllyn ja sahan sanomalehtimainokseen:

Kuva 20: Meriän myllyn ja sahan mainos

9 LIITTEET

1) Asutuskartta Meriän kylästä:

2) Talokartta Meriä pohjoinen

3) Talokartta Meriä eteläinen (pien-Meriä)

4) Lisätietoja meriäläisistä

1) Asutuskartta. Meriän asutus keskittyy maantien varrelle. Päätieltä haarautuu itään Vehkasuon tie.

2) *Meriä pohjoinen eli Pitkäsen ryhmän asukkaat ja paikat.*

3) Talokartta, Meriä eteläinen (Pien-Meriä)

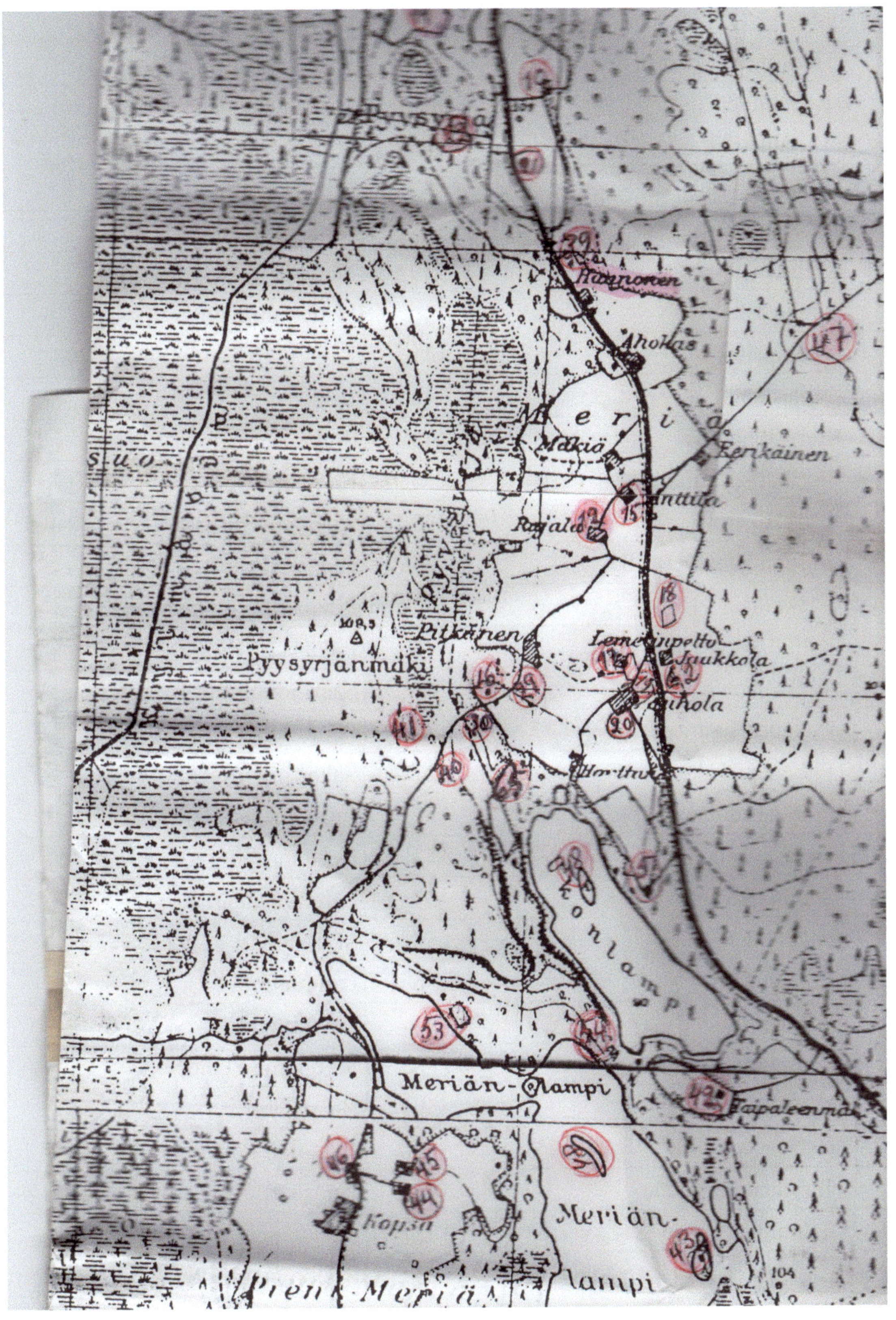

KARTTOJEN NUMEROTIEDOT – PAIKAT JA IHMISET

(Huom. nimilista ei ole täydellinen, myös asukkaita on ajan myötä vaihtunut)

1	Härkönen Ilmari ja Petteri	34	Kanturamäki
2	Rydenfeld Eljas	35	Tervamäki
3	Viisainen Iida	36	Aitlammin oja
4	Kaukola Frans	37	Räikön pellot
5	Meriän Kansakoulu	38	Mölösoja
6	Sillanmäki	39	Neiglik
7	Metsäpelto	40	Hauta-ahon notko
8	Uutispelto	41	Kivikkorinne
9	Niileslampi	42	Kuikka
10	Berg Juho	43	Sinkkosen huvila
11	Eerikäinen Eino	44	Kostamo Heikki
12	Pääkkönen Iivari	45	Kostamo Simo
13	Meriän Saha ja Mylly	46	Kostamo Iina
14	Pääkkönen	47	Pihapellon notko
15	Kilpiö, Mononen	48	Pitkäsaari
16	Teräväinen Matti	49	Saari johon liittyy aarretarina
17	Pitkänen Lauri	50	Pellonmäki
18	Pitkänen Hiskias	51	Sakartinpohjukka
19	Pitkänen Juho	52	Juuska Juho
20	Tattari Antti	53	Horttana Mari
21	Syvänotko	54	Lamminrinne
22	Pääkkönen Juho	55	Myllynlahti
23	Linnanmäki	56	Lautniemi
24	Vääräpolvi	57	Lehminiemi
25	Lautniemen portti	58	Sikopohjan lahti
26	Hannonen Pekka	59	Haapalahti
27	Halsti	60	Karsolan Pekan huvila
28	Tervalammin notko	61	Palosaari
29	Kinttumäenrinne	62	Laukkanen Miina
30	Kätkytnotko	63	Pääkkönen Mikko
31	Natrin mökki	64	Kymi Oy:n talo
32	Hukkamäki, Annala Oy (Räty)		
33	Parikka		

4) Lisätietoja meriäläisistä

Meriä | Jaakkima | Pitkäsiä, Suomalaisia

MERIÄ 6

Juho Rudolf Pitkänen 25.7.1897 – 6.7.1974 – haudattu Parikkalaan

2. puoliso Anna Maria Pitkänen – avioliitto 1.7.1945, 16.9.1909 – 7.1.1986 Parikkala

1. puoliso Johannna Suomalainen 2.9.1901 – 22.9.1942 – avioliitto 10.6.1923
Anna-Liisa 10.7.1924   Kontula ?
Antti Johannes 18.2.1928 – 8.9.2017 (Joutseno / Lappeenranta)
Paavo 24.10.1931 – 2.11.1998 Parikkala
Jenny Maria 9.6.1933   Kurri ?
Hilja 29.8.1935 - 2.7.1992 ja Mauri Partio 7.2.1931 – 27.1.2012

Juho Rudolfin isä ja äiti

Isä Antti Juhonpoika Pitkänen 16.8.1872 – 2.3.1943 – kuollut Parikkalassa (vatsasyöpä)
Äiti Anna Juhontytär Mörsky 23.7.1875 – 20.4.1913 (lapsivuode)
vihitty 7.6.1896

lapset: *Juho Rudolf 25.7.1897 – 6.7.1974 Parikkalassa*
Jaakko Lennart 4.7.1900 – 19.11.1969 Joensuu
a. Emma Tolvanen 15.2.1906 – 14.5.1985
– lapset   Anna Eeva 15.12.1924
Erkki Antero 13.2.1928
b. Tyyne Elviira Sinervo (Sallinen) 18.9.1881 – 20.2.1943
Sandra Helena   28.10.1901 – 28.12.1906
Jenny Maria   15.12.1903 – 3.1.1907
Eero Emil   25.7.1906 – 20.4.1907
Tyyne Bertta   24.8.1908
Martta Helena   26.11.1910 – 22.1.1911
Antti   20.4.1913 – 18.5.1914

Kun Anna Mörsky kuoli, Antti avioitui Liisa Tiittasen o.s. Hyppösen kanssa 21.6.1914

Liisa Tiittanen + Jeremias Ollinpoika Tiittanen 5.2.1856 – 15.3.1913, vihitty 14.7.1901
Liisalla avioton lapsi Anni 15.2.1897 – 20.3.1897
Liisa 2.2.1870 – 18.2.1945 Parikkala (hautakivi)

Jaakkiman henkikirjoissa vuonna 1870 mainitaan, että **Juho Matinpoika Pitkäsen** *(1787-1863) tilalla Meriä 6 on ollut tullimylly. Myllystä on maininta henkikirjoissa toiseen maailmansotaan saakka. Tilan pitoa jatkoivat Juho Matinpojan jälkeen hänen poikansa* **Lars, Anders** *ja* **Johan**. *Johan Pitkänen eli 1815 - 1879 ja seuraava Johan jatkoi tilan pitoa. Juho Juhonpoika eli 1846 – 1881. Seuraavana vuorossa oli* **Antti Juhonpoika** *1872 – 1943.*

Juho Rudolf Pitkäsen 1. puoliso

Johanna (Hanna) Suomalainen 3.9.1901 – 22.9.1942 (suolitukos), haudattu ?
–   vihitty 10.6.1923

ISÄ: Pekka Suomalainen 20.4.1861 – 20.10.1922 (keuhkotauti), mylläri
Anna Pekkinen 13.2.1873 – 24.7.1930 (salamanisku)
Meriä 6, Meriä 12

Muut lapset Johannan s. 1901 jälkeen
Liisa Maria 22.10.1903 – 12.4.1908 (hukkui)
Hellin (Helli) 1.1.1906 – Toivo Kostamo 12.12.1901 -
Hilja 14.8.1908 – 21.1.1991 – Viljo Väistö 24.7.1904 – 27.11.1963 (Multia)
Eerik   - Erkki 6.11.1910 - Veera Sylvia Naukkarinen
Heikki 16.9.1913 – kaatui sodassa 16.11.1941

Erik / Erkki Pitkänen 28.5.1880 (Antti s. 16.8.1872 ja Anna Marian s. 24.7.1877 veli) – 2.3.1971 Parikkala
puoliso Hilja Maria Sihvonen 16.1.1882 – 22.9.1966 Parikkala
vihitty 18.10.1904
muuttivat 21.1.1933 Parikkalaan

Anna Maria 24.7.1877 (Erikin ja Antin sisko) - 29.11.1954 Tammisaari
1. *puoliso Juhana Juhonpoika Jantunen 19.11.1870 – 10.12.1908 Huhtervu 1 N.ro 29, avioliitto 29.9.1907*
- lapset kaksoset Hilja 18.6.1909 – 16.7.1909 ja Eerik Johannes 18.6.1909 – 28.9.1909
2. *puoliso Viktor Wilhelm Ahlqvist 23.12.1857 – 7.1.1924 Tammisaari*
Österby Boställe Knåkholmen
- tytär Anna Eliina 24.8.1912 – 7.12.1967 Tammisaari

Juho Berg Ludviginpoika 25.9.1895 Uukuniemi Matri 7 Joutsenlampi

puoliso Edit Viisainen 10.4.1899 Jaakkima Iijärvi 10

vihitty 17.6.1922 ja   lapsia Edla Kyllikki 17.1.1923
Kirsti Annikki 9.9.1926
Pauli Sakari 13.5.1929

Juho Berg muuttanut 1924 Jaakkimaan

Viisainen Matti 11.12.1862 – 12.12.1923 ja Edla Pekantytär Huolman 18.6.1869 Parikkala
Iijärvi 10, vih. 1888
lapset: Eeva Maria 18.11.1889 – 25.7.1977
Heikki 8.3.1892 – 25.7.1918
Ida 17.11.1893 – 4.3.1900
Emma 29.10.1895
Lyydia 29.7.1897 – 11.1921
Eedit 10.4.1899 + Juho Ludviginpoika Berg 25.9.1899
Mikko 24.12.1900 – 24.12.1900
Mikko 19.12.1901
Katri 4.3.1904 – 7.12.1989 + Alarik Hannonen 8.10.1893 – 22.12.1971
Matilda 26.10.1907
Taimi Eliina 11.10.1909 – 11.9.1988 + Kullervo Airaksinen
Toivo 5.6.1912 – 21.4.1966 Kanada

Edit Viisaisen sisko Taimi Eliina 11.10.1909 – 11.9.1988 Haapajärvi
puoliso Kullervo Airaksinen 8.6.1907 USA – 11.4.1977 Haapajärvi

Isä Herman Airaksinen, kupariseppä, lähti Suonenjoelta Amerikkaan, tapasi Sofia Laurilan, joka oli muttanut Vaasan kautta Lapualta USA:han, Sofia pyysi siviiliviranomaisten edessä solmittua avioliittoa virallistettavaksi Suomessa 1910, Sofia kuollut USA:ssa

Kullervo Airaksinen muutti Neuvostoliittoon ? Ja pakeni 1930-luvulla Suomeen, toimi Meriän myllyn myllärinä

vihitty 22.8.1932 Taimin kanssa ja   lapsia   Helen Aira Marjatta 11.9.1939 – 25.12.1939
*   Aira Rönkkö ??*
*   muita ?*

Helin = Helasti (nimenmunnos 1936)

Erland Helin 1.11.1873 – 29.11.1948 Oulu
1. *puoliso Hilja Siiteri 6.10.1883 – 5.1.1918 Kotka*
*   - poika Olavi Erland 2.10.1911 – 24.10.1994*
*   - puoliso Maire Kerttu Lipponen 18.9.1910 (Johannes) – 1995*
*   - poika Veli Juhani (Veikko) 19.121.1912 -*
*   - puoliso Mirjam Elisabet Lappalainen 1917 -*

2. *puoliso Tyyne o.s. Rautamies 3.5.1885 – 25.8.1951 Oulu*
*   - vihitty 25.10.1920 Kotkassa*
*   –   tytär Pirkko Kaarina 19.6.1924 – 13.11.1975 Oulu*

Pääkköset *asettuivat sodan jälkeen Etelä-pohjanmaalle Mäkiöiden,* **Kilpiöiden** *ja monien muiden tavoin.*

Kuva 21: Meriän kansakoulu, opettaja Aili
Viherkari ylh. oik

5) Lähteet

- Nauhatallenteet Anna Huttusen (Mäkiä) muistelut Meriästä ja evakkotaipaleesta

- Merja Väistö: Meriän myllyn ja sahan historia, valokuvat ja lehtileikkeet

- Erkki Hannonen: Tietoja Pääkkösten vaiheista Meriässä, valokuvat Petteri Hannosesta

- Poimintoja Kurkijoen kihlakunnan historiasta, Erkki Kuujo (1958) ja Samuli Tapanainen

- Kauko Pääkkönen: asukaskartat ja asukasluettelo.

6) Kansikuvat:

- kirjan kannessa kuva äitienpäivästä 1930, jota vietetttiin Meriän kansakoululla

- Opettaja Aili Viherkari (ylh. oikealla) oppilaidensa kanssa

- Anna kotiseutumatkalla Meriässä Niäsjärven luona

"Mie oon Hertta, Mäkiän talon tyttöjä. Kevääl ko myö päästää navetast pois, myö
männää laitumel Kölsii ja sit myöhemmin kesälaitumel tuonne Vehkasuol saakka.
Anna ja Martta kyl pittäävät meist huolta Vehkasuolkii muute paitsi lauantai-iltasel,
ku hyö häviäät jonneki. Miun vanhemp virkasisko Pulmu sannoo, ett hyö männööt
sillo tanssilaval pistämään jalalla koreasti."